Heinrich von Maltzan

Pilgermuscheln

Gedichte eines Touristen

Heinrich von Maltzan

Pilgermuscheln
Gedichte eines Touristen

ISBN/EAN: 9783743648371

Hergestellt in Europa, USA, Kanada, Australien, Japan

Cover: Foto ©Andreas Hilbeck / pixelio.de

Weitere Bücher finden Sie auf **www.hansebooks.com**

Pilgermuscheln.

Gedichte eines Touristen

von

Heinrich Freiherr von Maltzan.

Leipzig,
Verlag der Dürr'schen Buchhandlung.
1863.

Inhalt.

Reise.

Pilgermuſcheln.

Weihe.

Ich weih' Euch dieses arme Buch,
Ihr stillen frommen Seelen!
Die Ihr, wie ich, gerungen habt,
Den Gott Euch zu erwählen.

Ich weih' Euch dieses arme Buch,
Mags auch die Welt nicht sehen,
Ich weiß und ist's auch noch so arm,
Ihr werdet's nicht verschmähen.

Die Muschel auf dem Pilgerkleid,
Im rauheſtem Gewand,
Den Frieden suchend nah' und fern,
Zog ich von Land zu Land.

Zwar fand ich nicht was ich gesucht,
Doch fand ich Bilder bunt,
Das wahre Glück ich fand es nur
Im eignen Herzensgrund.

1 *

Wer Frieden suchet in der Fern
Der kehret arm zurück:
Ein Gott, ein Herz und eine Lieb',
Das ist das einz'ge Glück.

Doch fand ich bunte Bilder viel'
Auf meiner Pilgerfahrt,
Und diese Bilder bring ich Euch
Nach treuer Sammler Art.

Die Muscheln, die des Pilgers Hand
Las auf am Meeresstrand,
Ich bring sie Euch! O — nehmt sie hin
Aus armer Pilgershand!

Die Pilgermuscheln weih' ich Euch
Ihr stillen frommen Seelen!
Die Ihr, wie ich gekämpfet habt
Den Gott Euch zu erwählen.

Sicilien.

Siciliens Auferstehung.

Wo des Südwinds leises Flüstern
Mild die Stirn umweht.
Wo die Palme neben düstern
Klostermauern steht,

Sich die Conca d' oro dehnet
An Sikaniens Strand;
Nach der Woge Kuß sich sehnet
Ihrer Fluten Brand:

Einst hier säten Hellas' Söhne
Dem Gestad' entlang,
Drob die schaumerzeugte Schöne
Milden Scepter schwang.

Wogte reich in goldner Aehre
Fruchtbarkeit durchs Land,
Oft des Weinstocks süße Zähre
Kein Gefäß mehr fand.

Demetern und Aphroditen
Huldigt' zahm das Thal,
Doch der Berge Bäum' und Blüthen
Folg'ten wilder Wahl.

Jubelnd strebten Hügelzonen
Sonnengoldbeglänzt
Aetherwärts, von Laubeskronen
Tiefen Grün's umkränzt.

Birkenstämme weiß verschönten
Dunklen Holzes Saum,
Pinienbaldachine krönten
Duftdurchwallten Raum.

Oel und Lorbeer wildverschlungen
Kränzten wald'gen Rain,
Tausendstimmig niederklungen
Athmete der Hain.

Doch wer schützet vor Gefahren
Süßen Glücks Bestand?
Neidisch sahen Götterschaaren
Nach der Schönheit Land.

Plötzlich fiel der Saracene
Ein mit wildem Hauf,
Pflanzte blut'ger Pferdemähne
Schreckend Banner auf.

Blickt nach jenen üpp'gen Rainen
Auf des Berges Hang,
Allen jenen grünen Hainen
Schwur er Untergang.

Drauf die Wälder er verheeret
Und die Höhn entlaubt,
Wie des Baders Messer scheeret
Sein arabisch Haupt.

Und Sicilien kronberaubet
Lebte ihrem Gram,
Bis vom Siegerkranz umlaubet
König Roger kam.

Bis an Halbmonds Statt der Heiland
Von den Bannern weht',
Sieh! da ward das fromme Eiland,
Kirchenübersät.

Und im Schirme heil'ger Wände,
Eingeweihet kaum,
Pflanzten frommer Väter Hände
Den Orangenbaum.

Sanft gewiegt von milden Lüften
Gold'ne Frucht gedeiht,
Mit balsam'schen Blüthendüften
Wird das Land geweiht.

In der Klöster mildem Frieden
Sproßt ein Pflanzenheer,
Um den heil'gen Baum im Süden
Schwillt's zum Blumenmeer.

Myrthenknosp' aus Lorbeerhecken
Neugeboren nickt,
Palmen stolz die Häupter strecken
Sonnengoldumblickt,

Mandelbäume duftumflossen
Rose hold umschlingt,
Oleander, rotherschlossen,
Sich der Knosp' entringt.

Aloe und Cactus ziehen
Längs der Felsen Rand
Winden himmelblau umblühen
Epheugrüne Wand.

Liebend paaren sich die Reben
Mit des Ulmbaum's Stamm,
Ihrer Kinder süßes Leben
Trägt er wonnesam.

Schön vor andern Laubeskronen
Sonnenglutherfacht,
Strahlst Du, Brodbaum! güt'ger Zonen
Sohn in dunkler Pracht.

Lenze durch gehegte Fluren
Herrlich sich ergehn.
Doch der Höhe Waldnaturen
Mochten nicht erstehn.

Lachend farbigen Gewandes
Thales Gärten blühn.
Aber kahl des Hügelrandes
Fels'ge Scheitel glühn.

Ueber all' die grünen Auen
Wiesendufterfüllt
Nackter Berge Häupter schauen
Todt und unverhüllt.

Kränze boten Kunst und Tugend
Dir, mein Eiland! dar,
Ob verwelkt auch deiner Jugend
Laubumwalltes Haar.

Weh! die Jugend schnell verflossen
Nimmer währet sie,
Lenzesfreude früh genossen
Ach! sie kehret nie!

Eiland! gleichst gebrochnem Herzen
Einst von Wonne voll.
Dem die Liebe tiefe Schmerzen
Abgepreßt als Zoll,

Dem nicht Freude mehr beschieden,
Aber weltentzweit,
Rang sich's endlich durch zum Frieden
Inn'rer Seligkeit.

Maria è Gèsu.

Fern vom stürm'schen Wellentanze,
Der die Ufer höhnt,
Ob dem dunklen Felsenkranze,
Der Panormus krönt,

Ragt ein Kloster weltvergessen,
Heil'ger Ruh geweiht,
Drin im Schatten der Cypressen
Einsamkeit gedeiht.

Himmelsbräute hier umwohnen
Duftdurchwallten Hain;
Sanft im Schirme güt'ger Zonen
Fließt ihr irdisch Seyn.

Epheukränze grün umschlingen
Der Madonna Bild;
Stündlich preiset frommes Singen
Die an Gnaden mild.

Wildniß hört der Gottesbräute
Heiligen Gesang.
Und der Glocken Betgeläute
Rufet thalentlang.

Mittags wird des Klosters Pforte
Liebend aufgethan,
Daß zum reichen Gnadenhorte
Dürftge Schaaren nah'n.

Speise flehend kommt die Menge
Klaget Leibesnoth;
Eine nur aus dem Gedränge
Fragt nach Himmelsbrod.

Beut ein Herz, das pfeildurchstochen,
Der Madonna dar:
„Heile! was die Welt gebrochen,
Mutter! wunderbar."

„Sieh! das Herz, was ich Dir bringe,
Leidenschaft beschlich.
Mutter! seinen Schmerz bezwinge
Und es schlägt für Dich."

„Ja! für Dich allein soll's schlagen
Wie's für ihn einst schlug,
Mutter! und ich will entsagen:
Du sey mir genug!"

Armes Herze! gramzerstochen.
Weine länger nicht.
Sieh! die Wolken hat durchbrochen
Strahlend Himmelslicht,

Statt der Feuerliebe bringend
Sanften Himmelsschein,
Senkt die Strahlen schmerzbezwingend
Tief in Dich hinein.

Nur der Weg zu Gottes Halle
Heilt der Seele Schmerz.
Stilles Kloster! zu Dir walle
Ich' gebrochen Herz.

Serenade.

Laß Erde schweigen!
Blüthen sich neigen
Zephyrumfacht;
Lulle den Hain
In Schlummer ein:
Liebe doch wacht.

Laß duftge Rosen
Ruhen vom Kosen!
Nahet die Nacht;
Stört ihren Schlummer
Kein süßer Kummer:
Liebe doch wacht.

Laß die Cypressen
Zu trauern vergessen!
Wenn Traum sie umlacht;
Schmerzen zu heilen
Schlaf will verweilen:
Liebe doch wacht.

Laß über Wiesen
Ruh' sich ergießen!
Bäche laß sacht

Nächtig von hinnen
Schlaftrunken rinnen:
Liebe doch wacht.

Lorbeer am Raine
Laß schlummern alleine
Pinienbedacht!
Hat Nacht geschlossen
Blüthen und Sprossen:
Liebe doch wacht.

Laß Schmetterlingen
Sinken die Schwingen
In blumigen Schacht!
Girrt Turteltaube
Nicht mehr im Laube;
Liebe doch wacht.

Ulmbaum umrungen
Reb' hat, umschlungen
Hält beide die Nacht:
Glaubst du zum Nicken
Kann Schlaf sie bestricken?
Liebe, ja wacht!

Oelbaum, den schlanken,
Winden umranken.
Glaubst du, daß schmacht
Schlummergetränket
Zweige er senket?
Liebe ja wacht!

Einsame Dolden
Schlafen den holden
Schlummer der Nacht,
Doch die sich gatten
Kann nicht er ermatten;
Liebe ja wacht.

Wann wird wie Reben
Herz! dich umschweben
Zärtliche Macht?
Wann wirst's erreichen
Der Ulme zu gleichen?
Liebe ja wacht.

Wirst je dich finden
Liebend wie Winden
Wonneumfacht?
Daß Oelbaumszweigen
Dich dürftest vergleichen?
Liebe ja wacht.

Alicudi.

Fels im Meer!
Ewig sehr
Ragst du aus der Fluthen Brandung;
Winde sausen,
Wogen brausen,
Brechend ihrer Ufer Bandung.
Wildentfesselt um dich her,
Fels im Meer!

Stürme kreisen,
Wilde Weisen
Tönen ihre Schalleswellen,
Donner grollen,
Wie sie rollen,
Blitze jäh dein Haupt umhellen.
Brechend aus den ew'gen G'leisen
Stürme kreisen.

Blitze glühn,
Funken sprühn,
Küssend deines Scheitels Haare;
Flammenstrahlen
Roth sich malen,

Kerzen auf dem Felsaltare!
Schwarzer Wolken Schleier ziehn;
      Blitze glühn.

      Tost das Meer
      Wild umher,
Rüttelnd an der Erde Fugen;
      Mächt'ger Eichen
      Wurzeln weichen,
Die an Felsesfuß sie schlugen.
Rasend gen der Klippen Wehr
      Tost das Meer.

      Mächt'ger Stein!
      Wie so klein
Gilt der Elemente Walten
      Dem, der groß
      Aus dem Schooß
Der Natur sich durft' entfalten.
Kraft ist Pfand zu ew'gem Sein,
      Mächt'ger Stein!

      Mitternacht
      Hat's vollbracht:
Wilden Sturm's Geheul wird stille.
      Nur die Wellen
      Laut zerschellen,
Wie sie bricht dein mächt'ger Wille.
Blitzesfackel hat verfacht
      Mitternacht.

      Mondenschein
      Bricht herein;

Sterne tausendfach erglimmen:
    Glanzbeleckt
    See sich hebt;
Wog' und Himmel fern verschwimmen:
Silbern malt der Klippen Reih'n
    Mondenschein.

    Sieh' ihn schweben,
    Senken, heben
Sich den leichten Fischernachen!
    Wer so spät,
    Sturmumweht,
Wollt dem Handwerk emsig wachen?
Aber hier kein Menschenleben
    Seh' ich schweben.

    Menschenleer,
    Sonder Wehr
Gen der Wellen tückisch Spiel
    Tanzt der Kahn
    Wog' hinan,
Wog' hinab gebroch'ner Kiel:
Ziellos treibt das Bord umher
    Menschenleer.

    Felsumringt
    Strand sich schlingt,
Kreisend rings um Eilands Stein,
    Eine Bucht
    Sand'ger Schlucht
Nur läßt Woge sanfter ein,
Wo zur flachen Dün' sie dringt
    Felsumringt.

Sand'ge Au
Strahlend schau!
Wie sie küßt des Mondes Helle;
Einz'ger Port
Fels'gem Ort:
Milder bricht sich hier die Welle,
Netzend weich mit schaum'gem Thau
Sand'ge Au.

Sternenstrahl
Malet fahl
Gelblichweiß den Streifen Sand;
Sieh da schimmert,
Schaumumflimmert,
Auf der Dün' ein bunt Gewand;
Deutlich zeigt's im öden Thal
Sternenstrahl.

Den es decket,
Hingestrecket
Liegt er auf dem salz'gen Plan;
Kraftberaubt
Sank das Haupt
Auf den Arm, der jüngst den Kahn
Lenkte, eh er noch gelecket,
Meerbedecket.

Salzgetränkt
Locke senkt
Matt sich auf des Schiffers Wangen;
Todeszeichen
Hat den bleichen
Aufgedrückt das letzte Bangen;

Aug' vom Stern nicht mehr gelenkt
    Wimper senkt.

    Diese bleiche
    Schifferleiche
Ist das Opfer, welches bringen
    Wellengeister
    Ihrem Meister,
Dir, o mächtger Fels! bezwingen
Kannst nur Du sie, nimm die bleiche
    Opferleiche!

    Fels im Meer!
    Ragst so sehr,
Höhnend stürm'scher Wellen Werke.
    Was ist Leben,
    Menschenstreben
Neben Dir, Du Sohn der Stärke?
Schaust verachtend um Dich her
    Fels im Meer!

An die Passionsblume.

Gestern sah ich dich am Stamme,
Blume voller Pracht!
Bunter Farbenstrahlen Flamme
Lenzlich angefacht.

Heut' will froh mich wieder sehen
An dem Farbenspiel;
Doch ich kann dich nicht erspähen
Dort am Blüthenstiel

Nur verschrumpfte Blätter schau ich,
Deiner Schönheit Hohn.
Lebt kein Tropfen sommerthauig
Welke Blüthenkron'.

Weh! so ist der Glanz gewichen;
Ach! so schnell vorbei;
Kaum ersproßt auch schon verblichen
Deiner Schönheit Mai.

Gleichest meines Lebens Lenze
Gestern kaum erglüht,
Ach! und heut schon ohne Kränze,
Ach! und schon verblüht.

Doch ich preise Dich, o Blüthe!
Mit dem Lenze schwand
Auch Dein Leben, es verglühte
Deines Odems Brand.

Nicht so glücklich meine Seele:
Ob der Mai dahin,
Blieb das Leben, daß es quäle
Frühenttäuschter Sinn.

Lenz und Mai sind dir beschieden
Und dann stirbst du ab:
Was ist Schöneres hienieden,
Als ein frühes Grab?

Als in's Grab zu sinken, ehe
Noch das Alter kam,
Später Tage frostig Wehe
Uns die Liebe nahm?

An Platen's Grabe.

Ich küss' die Blum' im stillen Thal,
Die über Gräbern sprießet;
Ich saug' des Duftes süßen Schwall,
Der ihrem Kelch entfließet.

Rechtsab von Syrakusa's Thor
Liegt Archimed begraben;
Erbaut dort auch in Gartens Flor
Ein ander Grab sie haben.

Drinn ruht der Dichter, den ich lieb',
Dem ich so oft gelauschet,
Mit dem ich manchen Seelentrieb
Und manche Thrän' getauschet.

Drinn ruht der theure Sänger mein;
Sein edel Herz ist stille,
Nur sanft bewegt den Pinienhain
Des Zephyrs holder Wille.

Nur sanft aus üpp'ger Blüthen Schwall
Steigt auf ein holdes Wogen,
So eint sich Dichtergeist dem All,
Verrauscht des Lebens Wogen.

Hier will im Pinienhain ich stehn,
Ihm Grabesblumen streuen,
Und höhern Geist's soll mich umwehn
Ein dichtungahnend Weihen.

Hier wo Du sankst in's kühle Grab,
O jugendlicher Sänger!
Riß deutscher Leier Seite ab,
Tönt Deiner werth nicht länger.

O schwer verkannt und viel betrübt,
In Deinem kurzen Leben!
O könnt' ein Herz, das Dich geliebt,
Im Grabe Trost Dir geben.

O könnte jetzt, da schweigend Du
Ruhst aus vom holden Singen,
Dein Nachruhm in des Grabes Ruh
Zum ew'gen Schläfer dringen!

Dann würd' Verleumdung's bitt'rer Schmerz,
Der Deinen Busen Wunden
Oft schlug, verwehn vielleicht, Dein Herz
Zu neuer Lieb gesunden.

Dann würde Deines Schweigens Lohn,
Uns, wenn entzückt wir lauschen,
Mit wunderbarem Harfenton,
Holdsel'ger Macht umrauschen.

Doch weh! es kehret nie zurück
Vom Grab, wer staubentsprossen!
Ohnmächtig nur hat Thränenblick
Die Fluthen ausgegossen:

Sie rinnen still zur Erd' hinab,
Benetzen junge Pflanze,
Und sieh! es hebt sich aus dem Grab'
Manch' Blum' im holdem Kranze.

Narcisse, Tulpe, Hyacinth',
Die Blumen Deiner Liebe,
Verkünden wie Dein Herz gesinnt
Dem seelverwandten Triebe.

Der Orient und der Occident,
Sie reichen sich die Hände,
Wo Güls harmonisch Feuer brennt,
Um Deines Denkmals Wände.

Der Geist hellen'scher Muse kehrt
Zurück sikul'schem Strande;
Hellenisch neues Lied er ehrt
An Deines Grabsteins Rande.

Die Myrthe aus roman'scher Zeit
Ist hier auch aufgesprossen;
Symbolisch strahlt ihr Blüthenkleid
Aus sinnlichen Genossen.

Und ringsumher ein Blumenmeer
Verkündet holdes Lieben;
Aus Deiner Gruft ein Geisterheer
Wogt von poet'schen Trieben.

Und's strömt von Deines Grabes Schwell'
Ein Strahl, wie Himmelslichter;
Sieh her! der Flammengeister Quell'
Entsteigt der Zukunft Dichter.

Hoch seht den neuen Dichter gehn!
Seit Haupt umrauscht von Kränzen.
Entwallt hört seiner Harfe Wehn
Ein Meer von Dichterlenzen!

Der Zukunft Dichter ja! wird nahn
Und Deine Leiden rächen,
Mit deutschem Neid und fremdem Wahn
Wird er die Lanzen brechen.

Vielleicht? ob bald die Zeit, ob fern?
Doch sicher er wird nahen!
Dann soll Dein Grab ein neuer Stern
Mit frischem Glanz umfahen.

Dann wird, verkannt und viel geschmäht
In Deinem kurzen Leben!
Dein Bild von Strahlen neu umweht,
Die Lorbeer's Pracht entschweben.

Indeß ruh' fort! vom Blumenflor
Umhüllt am heilgen Strande,
Wo sich des Südens Blüthenchor
Flicht zu harmon'schem Bande.

Du sangst den Süd! — Er ward dein Grab!
Europa's tiefster Süden.
Nicht dringt des Nordens Streit hinab,
Scheucht Dir nicht letzten Frieden.

————

Der Nordoststurm.

Wohin Du weißes Segel?
Einsam in öder Nacht
Hältst Du ob wilden Fluthen
Unsich're stürm'sche Wacht.

Es schnellt gen Süd', gen Westen
Der Kaikias*) Dich in's Weite.
Der jüngst auf Aetnas Rücken
Des Eisbach's Nymphe freite.

Hu! wie ihn kalt umfingen
Der Schneebraut weiße Arme,
Drum rasend braust herab er,
Daß er im Thal erwarme.

Die lieben kleinen Fischlein
In Meeres Tiefe mieden
Der Wellen Hochschicht lange
In kühlen Abgrunds Frieden.

Doch nun, da frisch es herbraust
Und tausend eis'ge Wellen,
Weiß wie die Schneeflocken
Den blauen Plan erhellen,

*) Kaikias, Nordostwind griechisch.

Da tauchen auf die kleinen
Aus Meeresgrundes Kühle,
Freun sich am lust'gen Schaukeln
In ob'rer Wogen Spiele.

Doch sieh! zur Seite ihnen,
Hin durch die Wasser fliegend,
Tanzt schon die leichte Barke
Den kühnen Fischer wiegend.

Was blieb'st, o kühner Fischer!
Im Hütt'lein nicht am Ufer?
Hörst Du nicht Ruh gebieten
Den Sturm, den mächt'gen Rufer?

Er gönnt ihr Spiel den Fischlein
In kühlen Meeresreichen,
Und drum der Sonne Hitze
Auf Stunden wollt' verscheuchen.

Zu ihrer Lust hat Kaikias
Die Wogen aufgewühlet;
Nicht, Fischer! Dir zur Beute
Den Fisch emporgespület.

Sieh! Uferlands Bewohner
Sind folgsam seinem Beuen,
Im Schutz' von Mauern harr'n sie,
Bis ausgetost sein Dräuen.

Nur Du, tollkühner Fischer!
Trotz Kälte, Sturm und Wogen,
Ein Widerspruch der Schöpfung,
Bist frech hinausgezogen.

Denn Du bist taub, ist Taubsein
Doch ewig Loos des Staubes!
Verfolgst des Mächtgen Freunde
Gedenkend nur des Raubes.

Mit schmutz'gen grauen Netzen
Eilst Du ob feuchten Fluren
In menscherdachte Fesseln
Zu schmieden die Naturen.

Doch wie Du auch magst trotzen,
Des mächt'gen Nordsturm's Rache
Hält über Deinem Haupte
Furchtbare Todeswache.

Oh! kehre um, s'ist Zeit noch!
Doch weh! willst Dich nicht retten;
Fährst fort voll grausen Gleichmuths,
Des Meeres Brut zu ketten!

Horch! wie zum letztemmale
Der eis'ge Sturmhauch flehet.
Jetzt schweigt er, racheschwörend
Er schweigt, dann rasend wehet

Aufs neu; mit Donnerschalle
Herrauscht mit mächt'gem Sausen,
Mit Pfeifen und Gezische
Gepeitschter Wogen Brausen.

Denn, Fischer! bist sein Feind nun.
Du, den geduldig lange
Zum Frieden er ermahnte:
Packt Deines Mastes Stange,

Wirft auf die Fluth Dein Segel,
Daß naß das Tuch emportaucht;
Auf's neu dann, und aufs neu, bis
Zerbrochnes Wrack hervortaucht.

Und dann gen fels'ge Klippen,
Fern Deiner Heimath Flur,
Hinwirft er Dich! o Mörder
Der heiligen Natur!

———————

Am Grabe Friedrich des Zweiten zu Palermo.

Rom hatte Dich verflucht, geschmäht,
Weil mehr als Kaiser Du, Prophet
Warst einer schönern, bessern Zeit,
Der Du der Neuzeit Morgenpracht
Aus Deines Mittelalters Nacht
Geahnt in der Unendlichkeit.

Zum heil'gen Grabe zogst Du fort,
Doch kaum verließ Dein Schiff den Port,
So sprach der Papst den grimmen Fluch:
Aus Neid, daß ein Germanenheld
Jerusalem der Christenwelt
Möcht' schreiben in's Erob'rungsbuch.

Geboren tief im Süden zwar,
Ein Deutscher doch vom Fuß zum Haar
Warst Du, o zweiter Friederich!
Nicht Deinem Busen wohnte inn'
Der welsche pfaffenknecht'sche Sinn
Und Nichts vermocht' er über Dich.

Drum gegen Dich, o deutscher Aar!
Tobt' heuchlerische welsche Schaar,

Pilgermuscheln.   3

Die in des Hohenpriesters Troß
Der Religion geweihtes Kleid
Entheiligte durch Haß und Neid
Gen's Haupt, ob dem das Salböl floß.

O Hohenstaufenheld! warum
Verließ'st Du nicht Hesperium
Für Deutschland, das Dich liebt und ehrt?
Was gabst Du nicht die Herrschaft auf
Ob falscher Völker schnödem Hauf,
Die nie erkannten Deinen Werth?

Von Adria zum balt'schen Meer
Harrt' millionenzählig Heer
Auf Deine Ankunft segensreich;
Der treuen deutschen Lande Sohn
Im Herzen baute Dir den Thron,
Dich labend zu der Biedern Reich.

Doch Du, o Herr! Du weiltest gern
In falschem Land, den Deinen fern,
Vergessend fast den heim'schen Herd.
Warum, warum zogst Du den Süd
Dem Land vor, wo die Treue blüht,
Der heil'gen deutschen Muttererd'?

Warum? ich frage Dich, warum?
Und seh' doch rings um mich herum
Des Südens Gärten üppig blühn!
Ich seh', wie Myrth' und Lorbeer lacht,
Und der Orangen goldne Pracht
Seh' ich durch dunkle Haine glühn!

Ich frag' warum, o Kaiser! Dich,
Der Du ein Dichter warst, wie ich

Erkühnte mich zu nennen gern?
Hab' ich doch selbst mein Vaterland
Vergessen fast am fremden Strand,
Und blieb so lang' dem theuren fern!

Ist nicht die üpp'ge Südnatur,
Die hier tiefdunkelndes Azur
Umwölbet, wie ein hehrer Dom,
Ist sie allfesselnd nicht? Was gleicht
Dir Himmelsspiegel unerreicht!
Goldglanzbelebter Meeresstrom?

Des Südens Kinder formenreich,
Sind sie nicht all' sirenengleich?
So hold dem Ohr, so schön dem Blick:
Kann denn der Pilger, den zum Cap
Der mag'schen Göttin trug sein Stab,
Sprecht! kann der Pilger wohl zurück?

Der Deutsche, der zum Pinienland
Entzückt die fernen Pfade fand,
Dort nie erkannte Wonn' erstrebt,
Gleicht er nicht jenem Vögelein
Umstrickt von bunten Schimmers Schein,
Der eine Schlangenhaut umschwebt?

Denn kaum den süßen Kelch zum Mund
Geführt, steigt auf der gift'ge Grund
Umnebelnd, tödtend seinen Sinn;
Was er vom Süd geträumt, war Trug,
Und die Enttäuschung schwer genug
Wird seiner Wonnen Mörderin.

Dies Loos vom Kaiser bis zu mir
Erfahren hat's manch' Deutscher hier.

3*

Auch Du erfuhrst's, o Friederich!
Du trautest welscher Lieb zuvor,
Doch daß der Edle gilt ein Thor
Bei diesem Volk, bewährte sich.

Und dennoch, dennoch gabest Du,
Hin für ein Leben sonder Ruh,
Der Heimath stille Wiesen hin:
So mächt'gen Reiz übt aus der Süd,
Der Hain, wo die Orange blüht,
Mit Zauberdüften fängt den Sinn.

Welch Riesenopfer brachte dar
Germanische Cäsarenschaar
Vom reinsten deutschen Stammesbaum!
Der heim'schen Gauen Einigkeit
Als Beute dem Vasallenstreit
Hinwarfen sie für welschen Traum!

Und Deutschland! Deine Einigkeit
Erbaut' auch keine spätre Zeit,
Da Deinem Haupt an Dir nie lag;
Ein Opfer fiel'st, mein Vaterland
Du deutschen Traum's nach welschem Strand
Und Deine Gegenwart liegt brach.

—

Andalusien.

Der Astrologe von Granada.
Sage.

I.

Siehst du nicht den Darro fließen
Durch die Eb'ne von Granada?
Gold'ne Körner der Nevada
Wälzt er zu Alhambra's Füßen.

Mond umfunkelt sein Gestade
In der mitternächt'gen Stunde:
Nachtigallgesang bringt Kunde
Von des Wald's geheimstem Pfade.

Seitwärts lenke deine Träume,
Dorthin, wo im Spiel der Wellen
An Alhambra's Fels zerschellen
Weißer Wogen lichte Schäume.

Siehst du nicht die Höhle blinken
Marmorweiß aus den Cypressen?
Kalter Wirklichkeit vergessen
Magst aus Märchens Quell hier trinken.

Siehst du jene myst'schen Lettern
An den Wänden felsgetragen?
Deren Züge nächtlich tagen,
Feurig in dem Dunkel wettern?

Myst'sche Lettern wildverschlungen
Aufbewahrten spätern Tagen
Seltsam oriental'sche Sagen,
Wie sie's Maurenthum gesungen.

Ibrahim Ben Abu Abschib
Hieß der große Astrologe.
Der des Himmels tiefste Woge
Spähte aus der Höhle Nadschib.

Von Arabiens duftbegoss'nen,
Goldbesandeten Gestaden
Folgt der Alte Wüstenpfaden
Nach dem Land, dem meerumfloss'nen.

Nach Hispaniens blüh'nder Zone
Lenkte er die müden Tritte
Und mit wonnbelebtem Schritte
Küßt' er Andalusiens Krone.

Darro und Genil vereinen
Ihre Fluthen felsentsprossen.
Zwischen beide hingegossen
Ruht die Stadt an Lorbeerhainen.

In Granada, schönster Blüthe
Im hispan'schen Blüthenstrauße,
Zwischen Rosen Felsenklause
Fand der Wüstenwallfahrtsmüde.

Aben Habuz hieß der König
Auf dem granadin'schen Throne;
Zu ihm drang vom Wüstensohne
Mächt'ge Fama tausendtönig.

Nach dem Schloß der Alejaren*)
Ließ den Ibrahim er rufen.
Sprach: „Zu meines Thrones Stufen
Wirf den Feind der Abujaren.

„Jenen stolzen Hauptrebellen,
Der des Aufruhrs Flamm' entzündet',
Und Castilien, ihm verbündet,
Laß an meiner Macht zerschellen."

Und statt aller Antwort beute
Abu Abschib einen weißen
Stab ihm: „Dir ist Sieg verheißen,
So Du ihn noch schwingest heute.

„Stürz' damit die Schachfiguren,
Die den Deinen auf dem Brette
Gegenüberstehn, ich wette.
Friede wird in Vega's Fluren.

Und des mag'schen Stabes Walten
Hielt gebannt nun die Rebellen,
Kühner Feinde stürm'sche Wellen
Hemmten zaubrische Gewalten.

Selig ob des Reiches Stärke
Aben Habuz rief zum Throne
Nun den Weisen: „Was zum Lohne
Heischst Du für des Zaubers Werke?

— — — —

*) Alejaren, Schloß der Könige von Granada vor Erbauung
der Alhambra.

„Ford're, sei's aus meiner Krone
Auch der reichste der Juwelen;
Alles, was ich hab', erwählen
Magst Du Dir zu Deinem Lohne."

Doch der Weise sprach bedächtig:
„König, Dein sind Edelsteine,
Schätze fordr' ich nicht als meine;
Nur ein Wunsch beweget mächtig

„Mir das Herz sehnsuchtgetrieben:
Zwar was Erd' und Himmel wissen,
Forscht' ich weisheitslustbeflissen,
Doch ich lernte niemals lieben.

„Drum der Jungfrau'n erste beue,
Die des Krieges günst'ge Loose
Zu uns führen, daß Gekose
Liebeslüsternd mich erfreue."

Aber Habuz diese Bitte
Gern gewährte er dem Greise,
Wundernd, daß der alte Weise
Solchen Lohnes Preis erbitte.

II.

Aber siehe! Krieger bringen
Aus Castiliens bunten Wiesen,
Die sie räubrisch überfallen,
Her ein Mägdlein schönheitstrahlend.

Donna Sol war sie geheißen,
Sie, die als Gefang'ne nahte,
Um als Herrin zu besteigen
Granadin'schen Königsthron.

Denn kaum sah sie Aben Habuz,
Ward sein Busen liebeglühend,
Allen Frauen seines Harems
Zog er vor die holde Fremde:

Schwarzes Haar cypressendunkel,
Weiße Zähne myrthenblüthig.
Lippen gleich den Feuerlilien.
Wangen glühend wie Granaten.

Augen hell wie der Fontäne
Vom Zephyr umrauschte Wellen.
Drob sich Brauen wölbten, ähnlich
Myrthen, Veilchen überschattend:

Und ob all' den tausend Reizen
Nieverglichner Leibesformen
War wie Balsam ausgegossen
Frühster Jugend Wonnezauber.

Jugend! süßester der Tropfen
Aus der Götter Nektarbecher,
Sel'ger Stunden Wonneträume
Bringst du deinen Auserwählten.

Jugend! Erdenstaub vergoldend,
Mit der Schönheit Sonnenstrahlen,
Götterschrittes durch die Welten
Schreitest du, Anbetung heischend.

Jugend! mit der Frühlingswärme
Neubelebenden Gewalten,
Treibst aus längst erstorbnen Herzen
Knospen du, wie Frühlingssprossen.

Und wohin des Gottes Auge,
Welchen Menschen Jugend nennen,
Strahlet, lodern auf in heißen
Liebesflammen Menschenseelen.

Donna Sol! auf ihren Wangen
Hatt' der Gott den Thron bestiegen
Und es seufzten liebeflehend
Knaben, Greise, kräft'ge Männer.

Doch der Liebespfeile schärfste
Trafen den verjährten Busen,
Der den Kaftan Abu Adschib's
Wie die Kohle heiß durchglühte.

Wie die Kohlen! — Flammentrümmer
Sind sie nur, allein sie brennen
Heißer als der Scheiterhaufen,
Der voll Jugend aufwärts prasselt.

Strohgeflacker sind die Triebe
Glatter Jünglinge, des Mannes
Liebe gleicht der Holzstoßflamme,
Die des Greises glüh'nder Kohle.

Also liebte Abu Adschib
Und voll heißer Sehnsuchtstriebe
Trat vor Aben Habuz' Thron er,
Die versprochne Schöne heischend;

Die Geliebte, die versprochen
Ihm der König von Granada,
Eh' sie noch genaht den Fluren
Andalusischer Gefilde;

Die Geliebte, die der Emir
Wonnberauschet jetzt zurückhielt,
Sie, die als Gefang'ne nahte
Und dem König Fesseln anschlug.

Antwort gab ihm so der König:
„Nimm mein Leben, meine Schätze,
Kron' und Reich von Mancha's Grenzen
Bis zum Strande von Malaga.

„Nimm Granada's reichste Perlen,
Die Demanten meines Harems,
Alles, Alles Dir gehöre:
Laß das Weib mir, das ich liebe."

Drei der langen goldnen Tage
Gab ihm zum Besinnen Zeitraum
Ibrahim; allein am vierten
Kehrt' er, die Geliebte heischend.

Und, als stets noch Aben Habuz
Weigert sich in eitlen Reden,
Hob der Greis den Stab des Zaubers
Und begann also zu sprechen:

„Weh Dir! König von Granada,
Der die Treue mir gebrochen;
Drum zerbrochen sei Dein Reich nun,
Dein Palast der Alejaren

„Soll versinken. Wehe! wehe!
Heilig halten eines Greises
Liebe möge Deine Völker
Jetzt Dein grauses Beispiel lehren.

„Wahrer ist des Greises Liebe,
Als die Flammen junger Herzen;
Nur ein Greis vermag der Schönheit
Aechten Vollwerth zu erkennen.

„Unerfahr'nen Jünglingsblicken
G'nügt die Fratze oft der Anmuth,
Sinnenrausch läßt ihn der Formen
Hohes Ideal vergessen.

„Aber der, deß Forscherblicken
Millionen schon sich boten,
Kann nur das Vollkommne lieben:
Was er liebt, ist wahrhaft göttlich.

„Heilig ist des Greises Liebe!
Letzter Labetrunk des Pilgers,
Der die Erde wallfahrtsmüde
Im Begriff steht zu verlassen."

Also sprach der alte Weise,
Schwang d'rauf, Zauberformeln murmelnd,
Seinen Stab und schnell versanken
König, Schloß und Alejaren.

Nur das Weib blieb, und voll Liebe
Wendet sie sich zu dem Meister,
Und der Greis hob auf den Arm sie,
Trug sie in die dunkle Höhle.

Dort in mitternächt'ger Stunde,
Also geht im Volk die Sage,
Sitzt noch heut' der Astrologe,
Tändelnd mit der Heißgeliebten.

Küsse fallen honigthauig,
Süßes Wort von Lipp' zu Lippe
Dringt, wie glüh'nden Pfeiles Feuer
Aus des Bogens sehn'ger Schwungkraft.

Zeugen sind Granada's Schäfer,
Jene braungelockten Knaben,
Die die Heerde oft verließen,
Um in eben jener Höhle

Mit den sonnverbrannten Töchtern
Des Zigeunervolks zu scherzen:
Oftmals störte ihr Gekose
Der Gespenster zärtlich Flüstern.

Der Mord der Abenceragen *).

Romanze.

I.

Im Staube lag Toledo's Macht;
Geschwunden war Valencia's Pracht;
Der Kassbah **) Thor Fernando's Namen
Trug in der Stadt der Abderramen;
Gefallen waren die Ommiaden,
Almoraviden, Almohaden:
Wie Tulpen tausendfarbig glühn,
Den Kelch dann neigen und verblühn,
Von keinem Zephyr mehr gelabet,
So sank das Reich des Aben Habed:
Mit seiner goldnen Königssilla
Und seinem Alkazar: Sevilla.
Von all den paradiesesgleichen
Hispan'schen Mosleminenreichen
War keines, das dem kühnen Speer
Des Castilianers trotzte mehr.
— Nur eines: Nasir's ***) edler Sproß
Noch thronte auf Alhambra's Schloß.

---

*) Abenceragen oder richtiger Abensurachen, auf Arabisch Beni
Surach.
**) Kassbah oder Alkasaba, jedes maurische befestigte Schloß.
***) Nasir, Stammvater der 19 letzten Könige von Granada.

Sein Scepter beut dem Frieden Gunst
Und was Natur vermocht, und Kunst,
Der Emir hatt's in seinem Solde.
Mit seines Diademes Golde
Sich Perlen tausendstrahlig einen,
Drin Diamanten widerscheinen.
Umrahmt von Edelsteinen bunt,
Die aus der Felsen tiefstem Grund
Der Bergmann bracht' in der Nevada *)
Zum Krongeschmeide von Granada.
Die Kron' ist seines Reiches Bild:
Gleich Demantstrahlen niederquillt
Vom Berg der Silberflüsse Meer,
Um deren Ufer rings umher
Sich wie Smaragd und Serpentin
Die Myrth'- und Lorbeerhaine ziehn;
Hier gleich Rubines ros'gen Gluthen
Durch's Thal Granatenbüsche fluthen,
Und dort Orangenblüthen winken,
Weiß aus Cypressenlaub sie blinken,
Wie Perlen im Juwelenkranze,
Und drüber strahlt mit ew'gem Glanze,
Granada's Flur vor andern hold,
Der Sonne nie versiegtes Gold
Aus den Saphiren dunkelblau.
In Maies Prangen lacht die Au,
Von keines Herbstes Sturm entlaubt,
Von keinem Winter lenzberaubt,
Sie schmiegt sich an der Hügel Reih'n,
Auf deren Haupt manch' grüner Hain,

---

*) Sierra Nevada, Gebirge südlich von Granada.

Von milden Lüften sanft gehegt,
In's Aethergold hinüberträgt
Zu den azurnen Himmelszonen
Die baldachin'schen Pinienkronen.
Der Thauestropfen Schmelz befeuchtet
Elvira *), die smaragden leuchtet:
Vom Nebel veilchenblau umflimmert
Segura's **) Joch im Norden schimmert
Und gegenüber ragt mit Macht
Nevada's ew'ge Silberpracht
Aus niedrer Berge Grün hervor,
Die neidisch spähn zu ihr empor,
Als wollten aus des Raumes G'leisen
Hinan sie zum Koloss' sich reißen,
Dorthin, wo licht drei Gipfel tagen,
Hoch über Berg und Wälder ragen:
Des Corrals ***) eis'ge Gletscherzacken,
Pacheco's stets bereifter Nacken,
Und beider König in der Höh:
Almulahassans ew'ger Schnee.
Hohnlachend niedrem Streben eitel
Ragt stolz der dreigetheilte Scheitel.
Ein Babel, das Giganten bauten
Und Götter nicht zu stürzen trauten.
Ihn späht vom fernen Wüstensande
Von Afrika's versengtem Strande,

---

*) Sierra Elvira, Gebirge im Westen von Granada.

**) Sierra Segura, Gebirge nördlich von Granada.

***) Mulahassan, Pacheco und Corral, die drei höchsten Berge der Sierra Nevada. Ersterer ist der höchste Punkt Spaniens, letzterer sein einziger Gletscher.

Gelehnt in Ufers Schilfesrohr,
Der kühne Araber, der Mohr.
Ihn träumt von künft'gen Kriegeszügen,
Von Lust und beutereichen Siegen;
Nach span'schen Jungfraun liebeswarm
Streckt wonnelechzend er den Arm,
Und zu besiegen schon er wähnt,
Die sich zu unterliegen sehnt,
Geschaukelt in der Wollust Ruh; —
Und liebetaumelnd greift er zu.
Da wacht er auf, und sieh! da steht
Nevada, fern voll Majestät
Vom keuschen Schneeskleid umhüllt,
Von reiner Alpenluft erfüllt,
Auch eine Jungfrau, aber nie
Besiegt der Himmelskönig sie,
Der Sonnengott, deß Feuerblick
Vom Schneespanzer prallt zurück.
Aus dessen gold'nen Strahlenarmen
Kein Funke macht zur Lieb' erwarmen
Die kalte: Thaues Thränen rühren
Sie nicht, zu Zacken hier sie frieren.
Den weißen Königsmantel *) trägt
Die stolze Jungfrau niebewegt,
Trotz beuend gold'nen Himmelssphären.
Doch milde Gunst wollt' gern gewähren
Ihr Blick den unterthän'gen Landen,
Indem sie mit den Silber-Banden
Der Flüsse strahlend sie umschlingt
Und Fruchtbarkeit den Auen bringt.

---

*) Ein weißer Burnus war bei den Mauren der Königsmantel.

So schuf der Vega *) üpp'ge Flur
Genil **) und Darros lichte Spur.
Denn, wo sie nah und ferne ziehn,
Aufblüht der Wiesen frisches Grün,
Vom Blumenmeere untersät;
Doch als der Blüthen schönste steht
Inmitt der rosenreichen Saaten
Die Stadt der feurigen Granaten,
Granada mit der Blume hold
Gemalt auf ihres Schildes Gold.
Zu solcher Flur nach langem Wallen
Von schlanken damascen'schen ***) Hallen
Mit wind'gepeitschtem Mähnenhaar
Kam einst arab'sche Reiterschaar.
Sie hielten an Elvira's Fuße
Die Rosse tränkend in dem Flusse
Der wallfahrtsmüde Leib im Schatten
Der Ulme ****) ruht auf Wiesenmatten,
Bespület von des Stromes Saum.
Und ins Gemüth sinkt sanft ein Traum:
Als sei'n an Parphars †) kühlem Strand,
In Scham's ††) an Blumen reichstem Land,

---

*) Vega, die fruchtbare Ebene von Granada.
**) Genil und Darro, 2 Flüsse durch Granada fließend.
***) Granada wurde von Damascenern gegründet, die sich durch die Aehnlichkeit der Lage angezogen fühlten.
****) Man ist erstaunt, in Granada Bäume nördlicher Länder in Menge zu finden. Die Südländer erblicken darin einen besondern Vorzug.
†) Parphar und Abada, 2 Flüsse, die durch Damascus fließen, ähnlich dem Genil und Darro in Granada.
††) Scham, Damaskus auf Arabisch.

Wo jeden Strauch die Ros' umrankt,
So Roß wie Reiter angelangt,
Und wie aus Darro's lichten Schäumen
Ersteht die Stadt aus ihren Träumen,
Viel hundert Kuppeln sich erheben,
Die schlanke Minarets umschweben,
Auf luft'gen Burgen sternbesät
Des Islams weißes Banner *) weht.
Im Hofe plätschert die Fontäne,
Auf der Alberke **) tausend Schwäne
Hinschwimmen stolz, in Goldes Zier
Ziehn bunte Fischlein für und für.
In Lorbeergärten sanft verhallen
Melod'sche Stimmen, Nachtigallen
Begleitet von des Harems Pfühl
Der jüngsten Sklavin Harfenspiel.
Dem Parphar und Abada gleich
Zwei Flüsse sprudeln goldesreich ***),
Im Grün der Thäler sie verschwinden,
Sich rasch durch Hall' und Gärten winden.
An Darro und Genils Gestade
Wölbt manche Kuppel sich zum Bade,
Gestützt von Alabasterhallen,
Drin laue Dämpfe duftig wallen,
Der Schönen Busen weich umgeben,
Mit Wohlgerüchen sie umschweben;

---

*) Eine weiße Fahne wird zur Stunde des Gebets auf den Minarets aufgezogen.

**) Alberke, großes ummauertes Bassin.

***) In dem Sand des Darro fand man früher Goldkörner.

Und Salben aus Damaskus' Rosen
Ihr dunkles Lockenhaar umkosen.
Ja! in Europa nie erschauten
Bekannte oriental'sche Bauten
Die Beni Arab, wie allhier
In beider Ströme Glanzrevier.
Scham der Algarben *) nannten's sie,
Weil maghrebin'sche Fluren nie
Solch morgenländisch Bild erzogen
Der Stadt gleich an des Goldstroms Wogen.
Zu diesen rosigen Gestaden
Kam einst der letzte der Ommiaden, **)
Von abbassid'schem Wüstentroß
Verjagt aus seiner Väter Schloß.
Getröstet von der Vega Zier,
Ein neues Syrien fand er hier
Und unter ihm wuchs märchengleich
Das maurische Kalifenreich. —
Doch längst im Staube es zerbrach,
Dem Castilianerschwert erlag;
Und von der edlen Myrthe Haupt,
Die einst Hispanien überlaubt,
Fiel nach der andern eine Blüthe.
Nur dich bewahrte Allah's Güte,
Du feurig Kind der Sisnevada,
Rubines Blüthenstadt, Granada!

*) Algarben oder Maghreb, arabisch für Occident, Westen,
hauptsächlich auf Spanien, Portugal und Marokko angewendet.

**) Abderrahman gründete, von Damaskus vertrieben, das
Kalifat Korboba.

Kaum ward Sevillas*) Imamskrone
Zum Raub' Pelayo's**) mächt'gem Sohne.
Wuchs unter Nasirs Herrschaft weich
Das granadin'sche Königreich.
Alhamar***), Lorbeerkron'umlaubt,
Der Nasariden hohes Haupt
Zu wiegen in Granada's Schooß.
Erbaut ein prächtig Herrscherschloß
Auf jenem Hügel hochgestreckt,
Deß Fuß von Häusern überdeckt;
Und, weil vom feuerfarbnen Haar
Das Volk ihn nannte Alhamar****).
Alhambra nannt' er den Palast,
Erbaut bei rother Fackeln Glast;
Hier leuchtete, den Künsten hold,
Der Nasaridenkrone Gold
Ein halbes Phönixalter †) mehr,
Als Islams Reiche rings umher.

---

*) Der letzte König oder Imam von Sevilla, Aben Habeb, ward
1247 von Ferdinand dem Heiligen, König von Castilien, vertrieben
und Sevilla dauernd mit Castilien vereinigt.

**) Pelayo, König von Asturien, Stammvater aller spanischen
Könige.

***) Mohamed I., Alhamar, Sohn des Nasir, erster König von
Granada aus der Dynastie der Nasariden 1232—1273, erbaute
die Alhambra.

****) Alhamar der Rothe. Alhambra die Rothe. Der Name
stammt nach Einigen daher, daß die Alhambra beim rothen Schein
der Fackeln erbaut wurde.

†) Ein Phönixalter währte nach der griechischen Mythologie
500 Jahre. Das Reich der Nasariden überlebte den Sturz Sevilla's (1247) um 245 Jahre, indem es 1492 fiel. Nasariden regier-
ten von 1232—1492.

Der Fürsten achtzehn *) hatten schon
Geerntet süßen Herrscherlohn,
Als Emir Mulahassans Schritten
Weit auf sich that das Thor der Mitten,
Das zu Alhambra's goldnem Throne
Den Eingang beut Alhamar's Sohne.
Mit ihm zog ein in Schlosses Hallen
Zahlreicher Troß von Kronvasallen,
Strotzend von goldnen Prachtgewanden.
Durchsät mit Perlen meererstanden
War ihrer Renner Mähnenhaar;
Und üpp'ger Pracht kein Ende war.
Doch schöner, als viel Edelsteine,
Glanzvoller, als im Rosenhaine
Der Purpurblüthe Feuermeer,
Kam Hassans Lieblingssklavin her.
Ihr Antlitz viele Schleier zwar
Verhüllten, doch manch' schwarzes Haar,
Zuweilen auch ein Wimperstrahl
Sich durch der Schleier Falten stahl.
Avescha hieß die holde Braut,
Nun dem Kalifen angetraut.
Einst auf dem Sklavenmarkt zu Fes
Kauft' sie ein Mohr aus Mekines,
Der nach Granada dann sie bracht',
Wo reicher Mauren üpp'ge Pracht,
Was ihm zumeist am Herzen lag,
Gewinnes reichen Lohn versprach.

---

*) Der achtzehnte nasaridische König von Granada war Aben
Ismail 1452—1565. Ihm folgte sein Sohn Mula-Hassan 1465—
1485.

In Sklavenmarkts geheimsten Schrein
Schließt er die Schönheitsvolle ein;
Und nur den höchsten Stammessprossen,
Des Emirs mächt'gen Kampfgenossen,
Gestattet er hineinzugehn,
Kostbarste Waare zu besehn.
Dort weilten auch an Marktestagen
Die Söhne der Abenceragen,
Vom Stamm des göttlichen Propheten,
In dessen Namen Gläub'ge beten.
Die edelsten, die je entsprossen.
Stets sah man sie auf wilden Rossen
Sich tummeln mit Gefahrverachten
Im blutigen Gewühl der Schlachten.
Und Sattelsöhne *) hießen sie,
Denn sattelfest're gab es nie
Inmitt der maurischen Algarben,
Als Surach's Söhne der Alarben.
Im Glanz des Jünglingsalters strahlte
Manch Bencerage, rosig malte
Vor andern auf Abdallah's Wangen
Sich erster Jugend Lenzesprangen.
Noch hatte nie sein junger Sinn
Gekannt der Liebe Vollgewinn.
Ihm war'n des Frauenbusens Hügel
Verschlossen Buch durch sieben Siegel.
Nie hatt' den Schleier er erhoben,
Damit die Schönheit sich umwoben,
Zu schaun, was Allah's Schöpferruf
Auf dieser Erde Schönstes schuf.

*) Abenceragen, arabisch Beni Surah, Söhne des Sattels.

Doch schlich ein unbekannt Verlangen
Seit Jahren schon mit süßem Bangen
Durch seiner Glieder kräft'gen Bau,
Ausstrahlend aus des Auges Blau.
So trieb ein unbewußtes Sehnen
Ihn in des Traumreichs wonnig Wähnen
Und sinnend saß im duft'gen Hain
Der holde Schwärmer oft allein:
Gebilde sonder Wirklichkeiten
Die traumerzeugten Seufzer freiten.
Doch heut' aus Rosenwolken brach
Dem Jüngling an ein lichter Tag,
Gefährdend seiner Seele Ruh.
Mit seinen Brüdern trat herzu
Zum Sklavenmarkt Abdallah auch:
Die Sklavinnen nach Männerbrauch.
Ob's kaum sein keuscher Blick sich traut,
Enthüllt vom Schleier er erschaut.
Was lang in jungen Herzens Schacht
Geschlummert, da brach's aus mit Macht.
Ein neues Feuer hob die Brust,
Erfachend unbekannte Lust:
Und offen wie ein sonn'ger Morgen
Lag, was im Busen lang verborgen.
In Eros' gold'nes Reich fortan
Das Steuer lenkt der Seele Kahn.
Da stand er in dem Prunkgemach,
Wo duftumkost Ayescha lag:
Den Leib in stolzer Formen Pracht,
Des Gliederbaues üpp'ge Macht
Den vollen Polstern eingeprägt;
Das schwarze Haar, vom West bewegt,

Von ros'ger Blumenzier durchwühlt,
Ihr um den lichten Busen spielt.
Dieß war zu viel dem jungen Herzen
Und Liebe brach mit wonn'gen Schmerzen
Aus langverhalt'ner Gluth hervor;
In Flammen prasselt sie empor.
Vom Augenblick nur eins er dachte,
Wie er nach dem Besitze trachte
Der holden Sklavin liebenswerth.
Doch wenig Gut war ihm bescheert:
Drei Lustern *) zählte kaum der Knabe
Und seiner Väter reiche Habe
War er noch weit entfernt zu erben.
Ein einzig Mittel zu erwerben
Der Schätze Fülle gab's für ihn:
In beutereichen Kampf zu ziehn.
Drum einen letzten Sehnsuchtsblick
Warf er zum Sklavenschrein zurück
Und ritt dann fort auf Abenteuer.
Ihm folgt' ein einz'ger Knapp', ein treuer,
Und fern und nah, die Kreuz und Quer
Zog er im span'schen Land umher.
Sechs Monde hatt' er's so gepflogen,
Manch' reichen Ritter ausgezogen,
Gebrandschatzt manchen Flecken auch,
Wie's damals war der Helden Brauch.
Und war zum Plündern immer fleißig,
Bis daß er trug der Seckel dreißig.
Dann heimwärts mit den vollen Säcken
Ging's über Stab und über Stecken;

_____

*) Lustrum, Zeitraum von 5 Jahren.

Zu rasten nirgends ihn verlangte,
Bis nach Granada er gelangte.
Beim Sklavenmarkt da hielt er an,
Fragt nach der holden Braut sodann
Den alten Mohr, doch jener runzelt
Die Stirn und bittersüß er schmunzelt:
„Allah ist Gott! in des Propheten
Gelobtem Namen gerne beten
Die Gläub'gen hier und aller Orten.
Gehorsam schulden Herrscherworten
Demüth'ge Sklaven. Der Emir
Nahm unbezahlt die Sklavin mir,
Vom Markte stahl er meine Waare,
Gott mehre seines Bartes Haare!
Gab mir dafür nicht einen Deut,
Gelobet sei er allezeit!
Ließ auf die Fersen peitschen mich,
Doch segn' ihn Allah ewiglich!
Des Herrscherworts Gerechtigkeit
Wird dennoch preisen weit und breit
Mein armer Mund, daß neue Strafen
Nicht treffen mich, den treusten Sklaven."
Abdallah kaum das Wort vernahm,
So schlich ihn an entsetzter Gram,
Vom Augenblick da war verkehrt
Sein Wesen. Stumm in sich gekehrt
Sah man ihn nie zur Zahl der Gäste
Sich schaaren bei dem frohen Feste.
Auch heute, wo des Emirs Macht
Im Festrausch den Vasallen lacht,
Hat man den Jüngling nicht gesehn,
Ob auch den Krönungszug zu spähn

Von nah und fern viel Gläub'ge zogen
Zur Stadt in dichten Menschenwogen.
Ayescha in Alhambra's Horte
Einritt durch Jussuff's hohe Pforte.
Rings sie umstrahlt des Festes Licht,
Doch all' der Glanz berührt sie nicht.
Des Harems duftdurchwallter Schrein
Schließt bald des Emir's Sklavin ein.
Obwohl auch sie der Liebe Qual
Vergessen macht des Festes Saal?
Vielleicht, daß in ihr junges Herz
Sich stahl geheimnißvoller Schmerz.
Wenn in des greisen Königs Armen,
Deß Triebe selten nur erwarmen.
Die jugendliche Frauenbrust
Seufzt ob der ungestillten Lust.

II.

Wer ist's, der im Cypressenhain
Am Darro'ufer weilt allein,
Fern von des Festes heitern Flammen?
Lauscht auf des Baches Silberklingen,
Wo Ros' und Oleander schlingen
Zur Laube ihren Zweig zusammen
Und lenzesfrisch ergrünten Matten
Beut Myrth' und Lorbeer sanften Schatten?

Umrahmet von der Locke Gold
Lehnt er am Baum, ein Jüngling hold,

Dem eine kaum erschloss'ne Rose
Sich auf der weichen Wange malet,
Vom Jugendglanz das Auge strahlet,
Des Zephyrs abendlich Gekose
Gleich einem liebenden Gedanken
Umfächelt sanft den Leib, den schlanken.

Warum gedankenschwer allein
Der Knabe weilt er hier im Hain?
Was regt sich in dem jungen Herzen?
Ein flüchtig Bild, das kaum erkannt,
Die ganze Seel' ihm schon gebannt,
Und mitten aus des Festes Scherzen
Und von des Tanzes muntern Tönen
Hinweg ihn riß mit mächt'gem Sehnen.

Ein Bild? — Nein! der lebend'ge Leib
Von einem jugendschönen Weib,
Erblüht im ersten Lebenstriebe,
Wie von des Abendrothes Strahlen
Verkläret sich die Locken malen,
Drin jeder Zephyr lispelt: „Liebe!",
Der ihres Nackens Marmor fächelt,
So die Erscheinung hold ihm lächelt.

Sie ist's! nichts kann den Sinn ihm trügen,
Sein Seelenauge schwelgt in Zügen.
Die göttlich: schwarzer Augen Stern
Von dunkler Braue überdacht,
Der Wangen Röslein jungerwacht
Entschlürfend ihrer Knospen Kern;
Wie Feuerlilien, die erblühen,
Der Lippen zarte Ränder glühen.

Und wie er noch mit sel'gem Säumen
Schwelgt in den wonnetrunknen Träumen,
Wie seines Geistes inn'res Blicken
Mit Phantasieengluth erschaut
Vor sich die heißersehnte Braut,
Da sieht er sprachlos vor Entzücken
Plötzlich vom Bild den Schleier gleiten,
Der Träume trennt von Wirklichkeiten.

Und sieh! auf blühend duftgem Pfad
Ayescha sich ihm wonnig naht,
Es flattern lose die Gewande,
Verhüllend kaum des Busens Pracht;
Niewiderstand'ner Reize Macht
Bestrickt den Sinn mit süßem Bande,
Und Wolluft athmen alle Fluren,
Die sie durchwallt auf ihren Spuren.

Wo sanft auf schmelz'gen Wiesenmatten
Abdallah im Cypressenschatten
Ruht, eilt sie hin die Anmuthsvolle.
Gewiegt dünkt er sich noch vom Traum
Und wagt es zu erheben kaum
Sich von des Sitzes grüner Scholle,
Und sich zu nahen seiner Schönen:
Ob ihn nicht Wahngebilde höhnen?

Doch endlich, wie mit ros'gem Arm
Sie ihn umfänget liebewarm,
Da wird's ihm klar, und süß Entzücken
Fühlt er, bringt ihm die Wirklichkeit;
Saugt niegeahnte Seligkeit
Aus strahlend zauberischen Blicken,

Bis Beid' im Schatten der Cypressen
Umarmet ruh'n, der Welt vergessen.

III.

O wonnigliche Lust!
Wenn sich zwei Herzen fanden
Und innig Brust an Brust
Geheimsten Schlag verstanden:

Zwei Herzen, welche lang'
Die süße Stunde wähnten
Und deren Pulse bang'
Sich zu berühren sehnten.

Seligkeit unerreicht
Von anders sel'ger Stunde,
Wenn sehnsuchtstrunken neigt
Im Kuß sich Mund zu Munde!

Der Wonne Ueberfülle,
Wenn Lipp' an Lippe sinket
Und aus der Seele Hülle
Der Liebe Kelche trinket!

Von tausend Schöpfergaben,
Dem Sterblichen verliehn,
O seligste der Laben,
So Herz an Herz zu glühn!

Und der Gefühle Meere,
Die lang' durchtost die Brust.

Entfesseln sonder Wehre
In überströmter Lust.

Und jedes Seufzers Bangen,
Der Sehnsucht abgerungen,
Bekennen, jed' Verlangen,
Das eng' das Herz umschlungen.

Er liegt in holden Armen,
Er ruht so sanft wie nie,
Fühlt seine Seel' erwarmen,
Zergehn in Harmonie.

Lang' hoffnungslose Liebe
Gesteht er holder Braut,
Für spät erhörte Triebe
Er stammelt Dankeslaut.

Sein plötzlich Glück, kaum fassen
Kann er's, zu arm das Wort,
Die Seele möcht' er lassen
Zur Stund' am sel'gen Ort.

So muß der Blume sein,
Die lang der Wüste Sand
Bedeckt, wenn Tagesschein
Ihr wieder zugewandt.

So muß die Saat sich fühlen
Vom Winterschnee entblößt,
Wenn Lenze sie umspülen,
Die Sonne sie erlöst.

Auch ihm strahlt hold die Sonne
Nach langer Wartezeit,
Der Liebe süße Wonne
Bringt die Glückseligkeit.

Sich ewig zu gehören:
Ein selig Mein und Dein,
Wie sie's voll Treue schwören,
Vernimmt der stumme Hain.

IV.

Aber wehe! der Verräther,
Der im Finstern niemals schlummert,
Lauscht verbot'nem Liebeskosen
Hinter der Cypressen Stamme.

Mustapha El Ibn Zagwer's
Feige schmutzgeborne Seele,
Wie sie Allah's Zorn zur Strafe
Sterblichem Geschlecht erschaffen.

Feige schmutzgeborne Seelen!
Der Tyrannen treuste Diener:
Aufzulauern ihr Vergnügen,
Anzuklagen ihre Wollust.

Wo nur hoch und edel strahlet
Eines Helden stolzer Scheitel,
Seinem Worte gierig lauschend,
Eilen schnell sie's zu verdrehen.

Des Tyrannen furchtsam Ohr ist
Stets des Lauschers Flüstern offen,
Und was dieser feig ersonnen,
Grausam führt es aus der Herrscher.

Mustapha dem Emir melbet's,
Daß die schöne Lieblingssklavin
Andre Liebe vorgezogen
Seiner frostigen Umarmung;

Und der Emir gab Befehl, daß
Eingenäht in här'ne Säcke
Werb' Ajescha und gesenket
In des Darro's tiefste Fluthen.

Die Tyrannen haben treue
Henkersknechte; was sie heischen,
Ausgeführt wird's ohne Säumen: —
Also starb die holde Sklavin.

Nun den Buhlen zu bestrafen,
Dacht' der Emir, doch es schien ihm
Dies so leicht nicht wie's Ertränken
Eines hülfelosen Weibes.

Also sprach er bei sich selber:
„Wenn den Jüngling ich ermorde,
Lad' ich auf mein Haupt die Rache
Seiner allzumächt'gen Sippschaft.

„Stolze Brut, die Beni Surach!
Tapfer, hochgeliebt vom Volke:
Tugenden der Unterthanen
Sind des Herrschers größte Feinde.

„Lang' schon wollt' ich sie vertilgen,
Wär's kein zu gefährlich Wagstück,
Offnen Kampf's ist nicht zu denken:
Nur durch List bekämpft man Starke."

Also überlegt der Emir.
Endlich, als sein Plan geschmiedet,
Giebt Befehl er, daß man bitte
Zum Palast die Beni Surach.

In den Schreiben, die er sandte,
Hieß es: seine lieben Vettern
Lade ein der Fürst, beim Mahle
Alte Freundschaft zu besiegeln,

In Alhambra's Schloß zu feiern
Ihres Bairams heitre Wonnen:
Schönstes Fest des Muselmannes,
Vorgeschmack des Paradieses.

Und mit Eidesformeln fügt er
Noch hinzu, es solle keinem
Seiner Gäst' auch nur ein Barthaar
Wissentlich beschädigt werden.

Seinen lieben Sohn Abdallah
Lud er freundlicher als Andre,
Schwur besonders noch beim Koran,
Daß vergessen aller Groll sei.

V.

Beni Surach! Beni Surach!
Was konnt' euren Sinn bethören,
Daß ihr Glauben mochtet schenken,
Wenn Tyrannen Eide schwören?

Ihre Eide, eitel Lügen!
Falscher Staatsklugheit Gebilde,
Fallen, ausgesteckt dem Volke,
Wie man Eisen stellt dem Wilde.

Beni Surach! Beni Surach!
Dennoch wagtet ihr's, zu bauen
Auf des Emirs Schwur und zoget
Zur Alhambra voll Vertrauen.

Dort im Glanz der goldbestrahlten,
Edelsteinbesäten Hallen
Mulahassan von dem Throne
Hieß willkommen die Vasallen.

Hieß die edelsten der Mauren
Mit der gnädigsten Geberde
Auf dem Teppich ihm zu Füßen
Niedersitzen an der Erde;

Auch erlauben wollt' er huldvoll,
Daß sie küßten ihm die Füße: —
Der Tyrannen Höflichkeiten
Sind nicht immer allzusüße; —

Reicht' den Gästen Goldpokale,
Die sie ohne Zaudern nahmen,
Keinen vor Verrath und Giften
Furcht, und Argwohn überkamen. —

Ungewisser Tod des Giftes! —
Hassans Plänen, wohlerwogen,
Schienen sichrer tausend Hände,
Und in jeder Hand ein Bogen.

Nach des gnädigsten Empfanges
Etwas plumpen Herrlichkeiten
Schickt sich an der Fürst, die Gäste
In den Festsaal zu geleiten.

Aus der Halle der Gesandten:
Huld'gungszelte der Vasallen,
Das wie Zeltestuch umgaben
Blendentweiße Marmorhallen,

Führt er sie zur Prachtaltane,
Deren Säulen weit die Auen,
Die Genil und Darro laben,
Und die Berge überschauen.

Auf der lenzbestrahlten Vega
Ruhten fröhlich ihre Blicke,
Keiner ahnt, daß nie er wieder
Kehrt zur blum'gen Au' zurücke.

Jetzt den Saal der beiden Schwestern,
Dessen Boden, statt der Matten,
Decken silberweiß zwei große,
Schwesterliche Marmorplatten.

Staunend sahen Hassans Gäste: —
Die Fontäne hell im Saale
Sprudelt, schlängelt sich zu Bächen
Fort in viergetheiltem Strahle.

Wunderbares Kunstgebilde!
Hoch die Silberkuppel strahlet,
D'ran sich, Eises Blumen ähnlich,
Weißer Zacken Fülle malet.

D'rauf der Hof der Marmorlöwen
Nahm sie auf, den Blick befeiet,
Dessen Allabasterbecken
Löwen tragen, Wasser speiend.

Zwölf der Leu'n: zwölf Christensklaven
Meißelten, so geht die Sage,
Dieses Wunder der Alhambra
Einst an einem einz'gen Tage.

Müd' zum Tode hin sie sanken
Dann an der Fontäne Schwelle,
Hauchten sterbend ihre Seelen
Ein den Marmorleu'n der Quelle.

Todt und steinesstumm am Tage
Sind die Leu'n, doch ihrem Munde
Dumpf und tief entwallen Chöre
In der mitternächt'gen Stunde,

Wann des Mondes volle Scheibe,
Oder Sterne lichtentsprossen,
Ob des Bronn's zwölftheil'gem Sprudel
Geisterartig sich ergossen:

Hof der Löwen! Hof der Löwen!
Deine stolzen Prachtarcaden
Krönen kühn gewundne Bogen.
Stuckverzierte Colonnaden;

Dich der Säle vier begrenzen:
Des Turnieres Halle östlich,
Deren Wände Kampfgemälde
Beu'n und Ritterbilder köstlich.

Als der König sie zu malen
Heischt' und keiner in den Garden
Wollt' verletzen die Gebote
Des Propheten der Alarben, —

Denn dem Islam schwere Sünde
Dünkt's, zu malen Mensch und Thiere. —
Nahm man tausend Kriegsgefangne,
Daß ihr Fleiß die Hallen ziere.

Christensklaven, d'runter mancher
Edler Malerkunst verständig:
Was der König vorgeschrieben,
Das vollbracht' ihr Arm behändig.

Doch kaum fertig war die Arbeit,
Kamen Skrupel dem Emiren,
Daß getrotzt er dem Verbote:
„Mach' kein Bild von Mensch noch Thieren.“

D'rum die schwere Sünd' zu büßen
Und zu stillen sein Gewissen,
Ließ er köpfen alle Christen,
Die des Werkes sich beflissen.

Hof der Löwen! Hof der Löwen!
Trankst viel Blutes, und zu Leichen
Sahen deine Leu'n schon Viele
Auf der Marmorschwell' erbleichen.

Könnten reden deine Kammern,
Jede wohl von Mord erzählte:
Und die Nachwelt diesen Sälen
Nach den Opfern Namen wählte.

Noch zur Zeit, von der ich künde,
Namlos war der Saal im Norden,
Bald sollt' ihm den Namen geben
Vieler Helden grauses Morden.

Denn die tapfern Beni Surach
Führt' in diesen Saal der Feste
Mulahassan, wo die Mahlzeit
War bereitet seiner Gäste.

Schöner Saal! vergoldet strahlten
Kühngeformte Balustraden,
Stalactitenartig nieder
Hing die Decke der Arcaden.

Eine stolze Brüstung zog sich
Längs der Kuppel inn'rer Seite;
Ueber hundert Menschen faßte
Ihre kunstvoll große Weite.

Von dort pflegten Hofesfesten
Zuzusehen schöne Frauen:
Tiefverschleiert, unerforschlich,
Konnten unerkannt sie schauen.

Heute auch verschleiert standen
Viel Gestalten auf den Bühnen,
Nur dem eifrigen Beschauer
Größer sie als Frauen schienen.

Doch die Beni Surach störte
Nichts in ihren Lustbarkeiten,
Sonder Argwohn sie ergaben
Sich des Festes lauten Freuden.

Nach des Hofes Sitte hatten
Abgelegt sie ihre Waffen,
Ohne jeden Argwohn schauten
Sie der Frau'n neugier'ges Gaffen.

Als am frohsten klang des Festes
Jubel, und ringsum im Saale
Kreisten voll verbotnen Trankes
Perlbesetzte Goldpokale,

Sinken plötzlich alle Schleier,
Die die falschen Frau'n umgaben,
Und statt Weibern seh'n erschreckt sie
Bogenfeste Mozaraben *).

Nackte Arme muskelstrotzend
Hundert Pfeil' auf einmal schnellen, —
Keiner fehlt', — und hundert Opfer
Sinken auf die Marmorschwellen.

Beni Surach! also wallte
Eures Stammes Heldenseele
Von der Erde, daß zum Wohnsitz
Paradiese sie erwähle.

Doch den Emir von Granada
Traf auf seinem blut'gen Throne
Allah's Zorn, er floh ein Jahr d'rauf
Kronberaubt vom eignen Sohne,

---

*) Mozaraben, christliche Araber, die oft die Leibwache des
Emirs bildeten.

Abu Abdallah dem Zweiten,
Den die Spanier übermannten,
Die Granada's letzten König
Boabdil el chico   nannten.

Groß an Helden war der Mangel
Seit des Mordes blut'gem Tage,
Es erlosch Granada's Sonne
In dem Blut der Bensurache.

Ein Bastard der Beni Surach
Nur entging dem grausen Schlächter,
Von ihm rühmen sich, zu stammen
Spaniens edelste Geschlechter.

Denn ein Bastard solchen Stammes
Galt viel, edler tausend Male,
Als manch' Fürstensohn, erzeugt mit
Ebenbürt'gem Ehgemahle.

Und der Saal, der vorher namlos,
Von des Heldenstammes Wunden:
Halle der Abenceragen!
Hat den Namen nun gefunden.

Im Garten des Generalif.

Es schien der Mond so helle!
Das war die heil'ge Stelle,
Die unsre Liebe sah.
Hier liebten wir vor Zeiten;
Den trauten Einsamkeiten
War Seligkeit so nah!

Nun scheint der Mond auch helle!
Ich steh' an heil'ger Stelle,
Doch ach, ich bin allein!
Von meinem heißen Lieben
Ist nur zurückgeblieben
Erinn'rung voller Pein!

Was soll auf weiter Erden
Aus dem Liebarmen werden,
Der auf der Welt allein?
Muß legen mich zu Grabe,
Weil ich kein Lieb mehr habe,
Und weil kein Herz mehr mein.

———

Algerien.

Algier.

Es schwimmt das Schiff auf dunkelblauem Meere
Vorbei an blum'ger Balearen Strande.
Die Wogen, von des Sonnenglanzes Hehre
Bedecket, wie mit strahlendem Gewande,
Durchfurcht's im Flug mit scharfen Kieles Wehre.
Schon aus den Fluthen tauchen fernste Lande:
Und schneller eilt's, der Fracht sich zu entladen
An Afrika's gesegneten Gestaden.

Manch' fremden Wandrer trägt die schwanke Diele,
Der all' sein Hab' und Gut und seine Lieben
Vertraut' dem wellentanzgepeitschten Kiele.
Daß ihnen noch ein Vaterland geblieben,
Am fernen Ufer zu vergessen Viele
Wohl wähnen; doch von Wissensdurst getrieben,
Voll Sehnsucht, neue Länder zu gewahren,
Ein Pilger steht einsam inmitt' der Schaaren.

Mit frommem Schauer grüßt er die Natur,
Des Aethers Gold, die lichten Sonnenstrahlen,
Gerundeten Delphin, des Schiffes Spur
Verfolgend neben schlangenhaften Aalen,
Des Wellenhügels schwimmend blaue Flur.
Deß Gipfel sich wie Demant schillernd malen;
Doch seinen Puls durchrieselt neu Entzücken,
Als langersehnter Strand sich zeigt den Blicken.

Gleich einer schlanken Sichel Mondgebilde
Das Ufer seinen weiten Halbkreis strecket,
Zuerst an weiche Wasser schmiegt sich milde
Das Festland, eben von der Fluth beleckt,
Doch´ hinter flachem grünenden Gefilde
Hinan zum Hügel, zum Gebirg, sich's reckt;
Und fernher winken Atlas' Cedernwipfel,
Vom Winterschnee erbleichte Felsesgipfel.

Erhab'ner Pyramide stolzer Rücken,
Erhebt die Stadt sich aus des Meeres Spiegel,
Mit weißer Strahlen Blendung droht den Blicken
Der häuserüberlad'ne lichte Hügel:
Jetzt nah'n die Inseln, die durch vier der Brücken
Verbunden, gaben Algier Nam' und Siegel,
Denn Inselstadt, so nannten einst Dschesaïr *).
Die Söhne des arabischen Kosseïr.

Und näher, immer näher seinem Ziele,
Das Fahrzeug naht, schon winken Tricoloren
Von glatten Hafens hundertfachem Kiele,
Der Halbmond prangend auf des Pharus Thoren
Begrüßt das Rohr der dampfbeschwingten Diele.
In Mastenwäldern hat es sich verloren,
Da's um den Riesendamm den Lauf genommen,
Und Algier hieß die Nahenden willkommen.

Mit wonn'belebter Pulse heißem Schlage
Begrüßt der Kömmling langersehnt' Gestade,
Er schaut den Hain, d'raus ihn mit süßer Klage
Bülbül empfängt auf oriental'schem Pfade,

---

*) Dschesaïr, der arabische Name Algiers, heißt Insel.

Moscheen prangend mit arab'scher Sage,
Hufeisenförmig maurischer Arcade;
Die Hallen überdeckt mit den grotesken
Phantastisch wildverschlung'nen Arabesken.

Des Minaretes weiße Fahne wehet
Hoch über niedrer Sphären rauch'gem Qualme,
Der Mueddin *) auf seinem Gipfel stehet,
Ruft zum Gebet in gottgeheißnem Psalme:
Und sieh! es hören's, wie der Ruf ergehet,
Die Hirten, ruhend unter schlanker Palme;
Von Ost und West zu Haufen und zu Paaren
Zieh'n zur Moschee die weißumwallten Schaaren.

Zum Aether ragt die Kuppel auf, die weiße,
Hochüberdachend heil'gen Tempels Hallen,
Und unter ihrer Wölbung, dem Geheiße
Des göttlichen Propheten treu, erschallen
Aus dem Gebet des ältesten der Greise
Die heil'gen Formeln, wiederholt von Allen,
Der Marabut **) der Kibleh ***) spricht sie leise
Und laut verhall'n sie in dem gläub'gen Kreise.

Gehorcht hat er dem heiligen Gebote;
Zu seinem Kiosk der Marabut nun kehret,
Zum zierlich kleinen, dessen matte rothe
Holzkuppel goldnem Sonnenstrahle wehret.

---

*) Mueddin, der Ausrufer der Gebetsstunde.
**) Ein Marabut ist ein hochverehrtes geistliches Oberhaupt;
der älteste Marabut betet vor.
***) Kibleh, eine Nische, die Richtung nach Mekka andeutend;
in ihr sitzt der Vorbeter.

Pilgermuscheln.   6

Dort spricht er Recht, weiht Schuldige dem Tode,
Läßt Reine frei. Mit heil'ger Scheu ihn ehret
Die Menge, die von schwellendem Diwane
Hoch überschaut der Deuter der Korane.

Die Mollah's harr'n, umwallet von Talaren,
Ob nicht sein Mund Gebote für sie hätte.
Indeß berathen sie des Volkes Schaaren,
Die wogend nah'n des Richters Ruhebette,
Die Tolba *) unterweisen in den wahren
Koranesworten dichter Schüler Kette,
Aus tausendfachem Mund tönt: Allah illah, **)
Und Antwort schallet: Muhammed Rasullah. ***)

Im Vorhof der Moschee auf schmalem Plane,
Von Azulejos †) bunt umfaßt, der kleine
Lustgarten hegt die schwankende Banane,
Den Oleander, hellumgrünt vom Weine,
Und d'rüber wölben Palme und Platane,
Der Laubeskronen Zier zum dunklen Haine,
Der Cactus, der Agave Blüthensprossen,
Zu ries'gen Dolden sind emporgeschossen.

In schlanker Säulenhalle Prachtarcade,
Hoch plätschern aus des weißen Marmors Schaale
Fontänen lockend zu dem heil'gen Bade;
Viel Gläub'ge halten Waschung hier, dem Saale

---

*) Tolba, Plural von Taleb, Schriftgelehrter.
**) Allah illah: Allah ist Gott.
***) Muhammed Rasullah: Mohammed ist der Prophet Gottes.
†) Azulejos, bunte Kacheln mit Arabesken bemalt, sehr beliebt
bei den Mauren.

Der Dschama *) rein zu nah'n und dem Gelade
Des Gastfreunds rein zu folgen zu dem Mahle,
Die lichte Woge spület Leib und Glieder
Und spiegelt Reinigung der Seele wider.

Des Pilgers erste Pflicht ist nun vollzogen,
Der Gottheit Tempel hat er froh begrüßet.
Jetzt fassen ihn auf's Neu' der Menge Wogen,
Die sich durch Algiers Gassen strömend gießet.
Zum Platz wird er vom Schwall mit fortgezogen,
Dem Meere, d'rin des Volkes Strom zerfließet,
In dessen weitgestreckten Regionen
Sich tummeln dreier Welten Nationen.

Dort wandelt schnellen Schritts und leichten Blutes
Der junge Maure mit den Adlerzügen,
Auf glattgeschornem Haupte statt des Hutes
Läßt er ein roth tunisisch Fes sich wiegen,
Um das er kunstvoll wand ein echtes gutes
Tuch von Kaschmir, den schlanken Leib umschmiegen
Der goldgestickten Jacke weite Falten,
Den Saroual **) ihm Tunis' Schärpen halten.

Zur Seit' ihm kommt geschleppten Schritts gegangen
Der Araber, der Wüste wilder Sprosse,
Vom Sonnenstrahl gebräunt die dunklen Wangen;
Es hat den Leib der Lenker edler Rosse
Mit weißen Burnuss' Faltenkleid umhangen,
Daraus verstohlen blitzen die Geschosse;

---

*) Dschama, Moschee.
**) Saroual, das weite maurische Beinkleid.

Sein Haupt umhüllt phantastisch die Capuze,
Kameeleshaare wand er b'rum zum Putze.

Sieh dort auch Atlas' Sohn, den berggebornen
Kabilen mit des Hutes hohem Thurme,
Deß Palmenstroh zum Schutze dem geschornen
Scheitel vor Hitze dient, wie vor dem Sturme,
Der Flissa*) Schneide birget, der erkornen,
Die Scheid' dem Krokodil, dem Nileswurme.
Entstammt, das seine Ahnen überwanden
In Maser's**) oder Sudan's fernen Landen.

Daneben schleicht, entschlüpft der finstern Bude,
Wo Afrika's und europä'sche Waaren
Mit Wucher feil er beut, der schmutz'ge Jude,
Zwei Locken längs der Schläse seinen Haaren
Entsinken läßt er unter altem Hute;
Der lange Kaftan macht ihn fern gewahren,
Und wilde, schwarzgelockte Maurenknaben
Mit seinem Ziegenbarte Kurzweil haben.

Und mitten unter afrikan'scher Menge
Lustwandeln Frankreichs kriegerische Sprossen,
Es schwingt der Zuave sich durch's Volksgedränge.
Von weiter oriental'scher Tracht umflossen,
Der Spahis, harrend der Trompetenklänge.
Die ihn zu Waffen rufen und zu Rossen,
Es wandelt lustig durch die Schaaren hin
Die junge, schmucke Marketenderin.

---

*) Flissa, das kabilische Schwert.
**) Maser oder Mahr, der orientalische Ausdruck für Egypten.

Die zeltentstammten Schönen kann im Gehen,
Weil sie mit langen Schleiern dicht umwoben,
Des Pilgers Blick voll Neugier kaum erspähen;
Leib und Gesicht verhüllt der Haïk bis oben,
Dem Aug' nur gönnend schmälsten Raum zum Sehen.
Ein Shawl bedeckt das Haupt, dem nie enthoben
Nach strengem Brauch er wird, die Frauen gleichen
Gestalten aus den weißen Geisterreichen.

Den Platz umragt die Fülle schönster Bauten,
Links die Moschee mit halbem Silbermonde.
Zur Rechten ihm die Mauern der ergrauten
Dschenina *), die als Königin hier thronte.
Als ihre Hallen noch das Scepter schauten
In Husseins **) Hand, der den Palast bewohnte,
Da noch die Franken nicht gelandet waren
Und wild noch herrschten Stambul's Janitscharen.

Nach Ost, nach West sich eb'ne Straßen strecken,
Von neuem fränk'schen Häusermeer umgeben.
Doch ob der Neustadt tiefgelegnem Becken
Sich Hügel voll arab'scher Bauten heben;
Gestützt von buntgemalten Cederstecken,
Balcone ringsum an den Häusern schweben,
Die mit den hohen Giebeln Licht kaum lassen
Den engen, labyrinthisch-krummen Gassen.

----

*) Dschenina, alter Palast des Deys von Algier, auf der Place
du Gouvernement gelegen, jetzt leider abgetragen, um modernen
Bauten Platz zu machen.

**) Hussein, letzter Dey in Algier.

Es thront ob Algiers unterwürf'gem Plane
Die Kassbah *) auf des Hügels höchster Bühne,
Stolz weht vom Thurm die dreigefärbte Fahne,
Statt daß, wie sonst, der Pferdeschweif, der kühne,
Der Hoffnung Raum zu Islams Siegen bahne;
Dort, wo des Pascha's bunte Baldachine
Einst prangten, krönen nun die stolze Veste
Kanonen unwillkomm'ner fränk'scher Gäste.

Von hier aus laß die trunk'nen Blicke schweifen
Auf's weite Meer, bis dorthin, wo die blauen
Gewellten Hügel an die Wolken streifen.
Tief unter dir des Ufers üpp'ge Auen,
In denen Villen sich auf Villen häufen,
Hufeisenartig sich Arcaden bauen,
Wo aus Orangenlaub, aus Lorbeers Kränzen
Aufsteigt der Silberkuppeln mattes Glänzen.

Die Mandel lacht im Blüthenschneegewande,
Orangenknospen flüstern süße Düfte,
Von steiler Klippen unnahbarem Rande
Ragt baumhoch die Agave in die Lüfte.
Matt malt die Cactus sich im Ufersande,
In der Cypresse Schatten ruh'n die Grüfte,
Und der Granate lichte Knospenstrahlen
Mit rothen Flammen ganze Haine malen.

Und mitten durch der Gärten bunt Gefilde
Schlingt sich die schmale Karawanenstraße,
Dort wallen Wüstensöhn', dort wiehern wilde
Arab'sche Hengste unverfälschter Rasse,

---

*) Kassbah, Citadelle, früher die Hauptresidenz des Deys.

Zur Seite ihnen, häßlichstes Gebilde,
Wankt der Kameele höckerige Masse:
Dem Schwein, dem plumpen, gleicht der Bauch, der lange
Gedehnte Hals der Gans, der Kopf der Schlange.

Und doch, du Kobold aus Arabiens Thalen,
Seltsam entstelltes Stiefkind der Natur,
So gern seh' schon von Weitem ich den kahlen,
Zwiefachen Höcker ragen aus der Flur,
Dein Anblick mahnt mich, daß ich, fern der schalen
Civilisirung, oriental'scher Spur
Nachwall', daß Mode und tyrann'sche Sitte
Verbannt sind aus der freien Stämme Mitte.

Gern seh' ich dich vor Marabuts Kapelle,
Wo deinen Höcker Kuppeln überragen
Mit ihrer sanften Wölbung Silberhelle.
Wenn nach der Wüstenreise durst'gen Tagen
Dich tränkt die klare, langentbehrte Quelle,
Nach der von fern erschöpfte Wand'rer fragen,
Die hier in dunkler Sykomoren Schatten
Ausruh'n auf weichem Pfühl von duft'gen Matten.

Hier weilet gern vor manchem andern Orte
Der Pilger, denn es weht Naturenreine
Um dieser heil'gen Schwelle kühle Pforte,
Europa's Zwang, der lästige, gemeine,
Bleib' fern, verscheucht von ihres Engels Horte:
Naturgestalten, echte nur, vereine
Der Raum, auf dem die Palme der Oasen
Zum Dom die Zweige wölbt ob duft'gem Rasen.

Blidah.

Es dehnt Metidscha *) ihre Ebne weit,
Vom Meer' bis dorthin, wo zu mächt'gen Höhen
Der Atlas Berge an Gebirge reiht;
Der Zwergespalme Fächer luftig wehen.
Des Oleanders Purpurblüthenkleid,
Die wilde Myrth' und Lorbeer übersäen
Die sanftgewellten, dichtbestrüppten Auen,
Aus denen selt'ne Palmen aufwärts schauen.

Links führt ein Weg zu einsam stillem Ort,
Stauëli **), wo auf blutgetränktem Plane
Einst Schlachtenlärm hinsauste, Krieg und Mord
Wild herrschten, bis des Rossesschweifes Fahne
Dem Frankenschwert erlag; nun heil'gem Hort
Geweiht ein Kloster ragt hier, die Platane
Beschattet jetzt der Gottesmutter Schwelle,
Und Pilgerschaaren wallen zur Kapelle.

Trappisten schließt das fromme Kloster ein,
Die ersten, welche Afrika's Gestade
Betraten nach dem grausen Kampfverein.
Sie tilgten rings das Unkraut, schufen Pfade,

---

*) Metidscha, eine 6 Meilen lange und 4 Meilen breite Ebne, südlich von Algier.
**) Die Schlacht von Stauëli ging der Einnahme Algiers unmittelbar voraus.

Verwandelten zum Feld bebuschten Hain,
Und ihren Mühen gab der Jungfrau Gnade,
Der ewig schweigend sich die Väter weih'n,
Vielfält'ger Ernte wunderbar Gedeih'n.

G'radaus, inmitten weitgedehnter Auen
Metidscha's, winkt, gelehnt zum Steppenfluß,
Elbufarik, die Heimath schöner Frauen,
Dem flücht'gen Wanderer verschämten Gruß,
Beduinenmädchen, kaum verhüllt vom blauen
Gestreiften Haïk, mit weißem, vollem Fuß,
Der nie beschuhet, auf- und niederwallen
Die Gassen und des Marktes enge Hallen.

Indeß, dem Pilger bleibt nicht Zeit zu weilen!
Kaum ruh'n die Rosse, um mit schnellerm Flug
Und frischerm Muth die Steppe zu durcheilen,
Nach Blidah weiter. An der Straße Bug,
Wo kreuzweis sich Metidscha's Pfade theilen,
Taucht auf ein Dorf. Mein Nachbar meldet klug,
Was jene Denksäul', die ich dort seh' ragen
Ob niedren Hütten, spricht von frühern Tagen.

Begierig lauscht' ich meines Nachbars Worte,
Der mir der Säule Deutung wollte sagen:
„Lang', eh' ein Denkmal stand an diesem Orte,
Vor vielen hundert Monden schön und Tagen,
Kein Dorf hier war. In schwarzen Zeltes Horte
Araber wohnten da, ein endlos Schlagen
Gab's damals zwischen Franken und Beduinen,
Doch schlimmster Kampf bot hier sich dar den kühnen.

„In Bufarik das Frankenlager war;
Sie schickten aus Vedetten, zu erspähen,

Ob nicht des Wüstenrosses Mähnenhaar
Dem Lager nah', doch noch war nichts zu sehen.
Bis hieher sie gelangten, als gewahr
Man plötzlich ward der Rosseschweife Wehen.
Der Franken waren zwanzig, doch zu vielen
Hundert sie Feindesschaaren überfielen.

„Ein Leichtes war's den Franken noch, zu fliehen.
Doch fliehen galt den muth'gen Kriegern Schande,
Sie zogen's vor, den blanken Stahl zu ziehen.
Der kleine Hauf' bekämpft' die mächt'ge Bande,
Der Säbel flog, der Kugeln mörd'risch Glühen
Drang zischend durch die schlottrigen Gewande,
Und eher nicht die Tapfern unterlagen,
Als bis viel hundert Gegner sie erschlagen.

„Doch endlich siegten die Barbaren wild,
Die Tapfern hat erdrückt die Ueberzahl,
D'rum trägt die Säule eines Löwen Bild.
Von tausend Pfeilen erst zur Todesqual
Gebracht, in gold'nen Lettern zeigt ein Schild
Der tapfern Helden Namen auch zumal:
Kaum, daß ihr Märtyrblut vergossen war,
So zog in Blidah ein die Frankenschaar."

Noch klang mir in dem Ohr der Säule Rede,
Als schon balsam'sche Düfte mich umflossen.
Oasengleich aus blätterloser Oede
War Blidah's Gartenpracht emporgeschossen;
Inmitten grüner Haine, bunter Beete,
Lag sie am Flussesufer hingegossen,
Und märchengleich ob ihrer Gärten Blüthen
Der Tempel weiße Minarete glühten.

Schwing' dich hinan, zu gold'nen Aethers Veste!
Hinan auf deiner Flügel ros'gem Paar,
O Frühlingsfalter! warmer Hauch der Weste
Führt nahe dich dem sonn'entzückten Aar,
Doch dann kehr' wieder zu des Maies Feste,
Daß sich erlabt die ird'sche Blumenschaar:
Von Blüthe magst zu Blüthe hier du schweben,
Denn jede hat der Früchte dir zu geben.

Sieh' dort auf thauesfrischem, schnee'gem Platte
Die weiße Knospe sich dem Kelch entringen;
Zu ihr vor andern flieh' und kühlend schatte
Ihr Silberdiadem die bunten Schwingen.
Ruh' aus, o Falter! auf der sammt'nen Matte,
Entgegen laß des Weihrauchs Duft dir dringen,
Und wiss', der Blume, die du wähltest, keine
Gleicht ihr in Blidah's duftdurchströmtem Haine.

Sie ist's, Orange! Jedes nord'sche Herz
Umfängt dies Wort mit magischholdem Bande,
Die wir, wenn die Gedanken südenwärts
Von deutscher Heimath flieh'n im Traumgewande,
Begrüßen, mit poet'scher Sehnsucht Schmerz!
Orange! du, versagt dem deutschen Lande,
Doch jedem Deutschen tief in's Herz geschrieben,
Bedeutest ihm des Südens Gluth und Lieben.

Du lohnst dem Pilger für der Wallfahrt Mühen,
Und alle Herzen sich vor dir verneigen;
„O laß zu jenem sel'gen Land uns ziehen,
Wo aus dem grünen Laub, aus dunklen Zweigen
Der Hesperiden gold'ne Aepfel glühen!"
Dies Wort war schon dem größten Dichter eigen.

„Dorthin, wo die Citronen blühn," dies Sehnen
Wird deutschem Mund als Seufzer stets enttönen.

Doch ach! der holde Süd lohnt allzuhart
Die Lieb' oft, die für ihn die Herzen schlagen;
Begeistert mit des Dichters stürm'scher Art,
Manch' Deutscher stürzte zu des Süd's Gelagen,
Doch kaum er sich dem fremden Volk geschaart,
So brach enttäuscht er aus in bitt're Klagen:
Gefühl und Seelenliebe sucht sein Herz,
Doch Lust nur, Liebe nicht, traf dort sein Schmerz.

Doch, Pilger, schweig'! schließ in den Busen ein
Enttäuschungen, die du so oft ertragen,
Stehst hier du nicht im duft'gen Blüthenhain,
Wo rings um dich Orangenstämme ragen?
Und willst du nicht, den Augenblick zu weih'n,
Uns der Orange Lobessprüche sagen?
Der Blüthe, die vor andern du erkoren,
Weil sie der Süd für's nord'sche Herz geboren?

Sie wissen's nicht, des Süd's wollüst'ge Söhne,
Was ihnen gab die ewige Natur!
Orange! es bezaubert deine Schöne
Das nord'sche Herz zum Fieberpulsschlag nur;
Dies Herz, wie sehr es auch der Südling höhne
Als schwärm'risch, dennoch wallt's auf höh'rer Spur!
Doch schlägt Begeist'rung jede seiner Venen,
Und jeder Odem seufzt unendlich Sehnen.

Stolz hebt der holde Baum sich in die Lüfte,
Von schlanker glatter Aeste Zahl umgeben,
Von denen jeder seine Tragkraft prüfte
Am Meer der Blätter, die ihn kühl umschweben,

Der ewigfrischen, die des Winters Grüfte
In nieverwelkter Jugend überleben,
Mit glanzvoll grüner Pracht dem Blick' sie lohnen,
So ähnlich edlen Lorbeers Dichterkronen!

Und wenn des Winters Schnee im Hauch der Lenze
Versiegt, wie Silber vor dem Gold verschwindet,
Da naht die Stunde, wann sich blum'ger Kränze
Unzählbar Heer um deine Zweige windet:
Es kommt die Knospe, spähend, ob erglänze
Des Lenzes Sonne, die ihr Leben kündet:
Mit ihren weißen Aeuglein forscht sie klug,
Ob nicht zu früher Frühling ein Betrug?

Doch hat Gewißheit sie des Mai's gewonnen,
So kündet sie's der Schwestern großem Heer,
Bald sind sie all' dem Kelchesblatt entronnen,
Und schaukeln kindlich in dem grünen Meer
Den Silberblüthenkahn im Strahl der Sonnen,
Der Staubesfaden, gleich des Ruders Wehr',
Blinkt aus dem weißen Blumenschiff hervor,
Und trägt sein gelbes Scepter hoch empor.

Doch sind die holden Knospen nicht zufrieden
Mit Silberglanz, den ihres Kelches Klüfte
Ausstrahlen, nicht genug, wenn licht sie glühten:
Berauschen möcht' ihr Blatt verliebte Lüfte,
Entsendet d'rum aus kaumerschloss'nen Blüthen
Nach allen Winden reichsten Schwall der Düfte,
Und mit des Weihrauchs priesterlichem Streuen
Den heil'gen Tempel der Natur sie weihen.

Verwelket sind die blum'gen Sommerkränze,
Und Herbstesflor hat sich auf's Thal geleget:

Schon fiel, ein Raub für's Nordwinds stürm'sche Tänze,
Der andern Bäume Frucht und grausam reget
Der Winter sich. Da sieh! in ew'gem Lenze
Bewährt sich deine Laubeskrone! heget
Den goldnen Apfel, der vom ganzen Haine
Des Winters eis'gem Thaue trotzt alleine.

So wandelst du als Priester der Natur
Durch aller Jahreszeiten Wechselpfade;
Wann abgelaufen andrer Lebensuhr,
Dann labst du dich in der Verjüngung Bade,
Und folgend deines Sternes höh'rer Spur,
Lachst ewig du dem glücklichen Gestade;
O selig Flur und Hain, die dich geheget:
Im Zeitenwandel steh'n sie unbeweget.

O Blidah! vom Orangenmeer umflossen,
Beut du dem Pilger schönste Ruhestunden,
Wo sich so holder Balsam reich ergossen,
Muß Seelenschmerzes Leiden auch gesunden,
Glückselig preist sich, wer zu deiner Sprossen
Orangenhain den fernen Pfad gefunden,
Und möchte ewig ruh'n bei deinen Bäumen,
Im Schooß der Lenze ird'sches Sein verträumen.

Masunah.

Wie labt dein Anblick mich, o Wasserfall!
Wenn sich mit lautem Schall
Dein Silberstrom in's grüne Thal ergießet
Und strahlend weiter fließet.
Wie weil' ich hier so gerne,
Vom Lärm der Mensch ferne,
Und blick' hinan zur gold'nen Bahn der Sterne.

Du schufst ein Paradies in dieser Oede,
Die ringsum sich so spröde,
So karg an Knospen und an Blüthen zeigt.
Nur selten Zweige neigt;
Doch um dich her da sprossen
Die blumigen Genossen,
Und Lenz hat sich ob deinem Strand ergossen.

Aus duftgelabten Blättern, aus den dunkeln,
Granaten feurig funkeln;
Aus grüner Myrthenzweige Chor
Blinkt weißer Blüthenflor;
Des Oleanders Rosen,
Wie Huris, mit den losen
Zephyren in der Abendröthe kosen.

Die Cactus lockt im lenzumfloss'nen Thal
Den gold'nen Sonnenstrahl;
Die Aloë, vom Rand der Felsenklüfte
Ragt baumhoch in die Lüfte;
Durch Südens Gluth erfacht,
Der Palme Stamm mit Macht
Gen Himmel trägt der Fächerkrone Pracht.

Hier will ich ruh'n auf teppichsanften Matten,
In dieses Haines Schatten.
Den europä'schen Zwang, den hier so fernen,
Könnt' ich ihn ganz verlernen!
Hier, wo die ewige Natur
Frei wallt auf wilder Spur,
Gehorche Mensch dem eignen Herzen nur!

Wie hass' ich, übertüncht Europa, dich!
Daß um die Welt und mich,
Gesellschaftlichen Zwanges Fesseln windest,
Damit uns sklavisch bindest
Und den poet'schen Trieb,
Der noch im Busen blieb,
Mit Spötterhand zerknickst und jede Lieb'!

Dir ist, was deinem Modekram nicht paßt,
Europa! vielverhaßt;
Und alle Waffen der Erbärmlichkeiten,
Die für die Fesseln streiten,
Du führst sie auf zur Schlacht.
Und hoffst mit ihrer Macht
Den Löwen zu besiegen, der erwacht.

O strafbare! die der Naturen Tempel
Entweihst mit schnödem Stempel,
Was edel, herrlich, Thaten wie Gefühle.
Du häufst in frevlem Spiele
Verächtlichkeit auf sie,
Weil wohl bewußt dir, wie
Poetisch Schönes wirst erreichen nie.

Doch schling' nur um die altersschwachen Lande
Des dummen Brauches Bande,
Und schwing' ob übertünchten, faden Städten
Der Mode schnöde Ketten:
Ich bin dem Zwang entflohn
Zu der Naturen Thron,
Und, glücklich, sprech' ich dir, Europa, Hohn!

Hier will ich ruhn am kühlen Wasserfall!
Aufathmen frei im All,
Die Rose, aufgesprossen stromentlang,
Kennt nicht Gesetzes Zwang,
Die Nachtigall im Hain
Läßt tönen Melodei'n,
Ihr Lied, sie quält es nicht in Noten ein.

Und selbst die Menschen, sie sind hier noch frei
Von fremder Ziererei,
Im nahen Städtchen wohnt, daß Gott ich danke,
Auch nicht ein einz'ger Franke:
Denn wo Europa's Sohn
Sich zeigt, gleich keimt auch schon
Der Sitte Unkraut der Natur zum Hohn.

Pilgermuscheln.   7

Zwar sind des Moslems Bräuche ehrner Stahl,
Doch schwindet ihre Zahl,
Je ferner du den großen Städten weilest.
Wenn du zu Wüsten eilest,
Da fällt der Schleier ab,
Der dort das Haupt umgab;
Natürlichkeit wird städt'scher Sitte Grab.

Mafunah's friedlich abgeleg'nes Thal,
Mit kleiner Häuser Zahl,
Blieb frei von jenen fremden Eindringlingen,
Die Zwietracht allwärts bringen;
Der Bergessöhne Chor
Zur Wohnung sich erkor
Die niedre Hütt' mit nieverschloßnem Thor.

Vom schmucklos weißen Mantel überhangen,
Beut die gebräunten Wangen
Dem Zephyr, der entrauscht der Woge Tänzen,
Wühlt in des Ufers Kränzen,
Manch' maurisch Kind, geneigt
Auf Rosen eng verzweigt,
Zu deren Kron' des Lorbeers Blatt sich beugt.

Hier stampft mit kühnem, kaum verhaltnem Muthe
Von reinsten Stammes Blute,
Fern von französ'scher Pferd' unedlem Troß,
Wiehernd arabisch Roß;
Es spiegelt in der Quelle
Sein Auge sich, das helle,
Und dankend giebt sein Bild zurück die Welle.

Der Wasserfall erhebt mit hehrem Klange,
Gleich ew'gem Lobgesange,
Die Stimme: Allah in der Höh' zum Preise;
Es hemmt die ferne Reise
Der Pilger zum Gebet,
Zum Teppich grünbesät
Neigt er den Mund, der leis zu Allah fleht.

Vom heil'gen Schauer der Natur durchbebt,
Der Wand'rer sich erhebt;
Jetzt neuerfrischt in Menschentrosses Mitte
Lenkt er gestärkt die Schritte:
Dein Bild lieh Friedens Lust,
O Thal! gequälter Brust
Und ewig bleibt die Seele dein bewußt.

Wüstenfahrt.

Ein Februartag war's und froftig kalt
Weht' von dem Atlas her auf Batna's*) Höh'n
Der Nordsturm; seiner eif'gen Allgewalt
Konnt' Keiner von den Fremden noch entgeh'n.

Viertausend Fuß und mehr wohl über'm Meer
Liegt Batna, ob's gleich nah der heißen Wüste,
Mit Wintern kalt, als wenn's im Norden wär',
Und nicht so nah der milden Meeresküste.

Und doch ist ganz die kleine Stadt gebaut,
Als wär' es heißer als in Algier hier;
Umsonst der nord'sche Wandrer um sich schaut
Nach des Kamines wärmendem Revier.

Der ganze Ort nennt e i n e n Ofen sein;
Dort saß ich lange Tage; — aber oft
Verdrängte mich von seinem milden Schein
Ein neuer Trupp von Fremden unverhofft.

Dort saß im babilonischen Gemisch
Der Beduine neben luft'gen Franken;
Oft hörte die verrücktesten Gedanken
Ich an der bunten Wüstenwandrer Tisch.

*) Batna, Städtchen im Auresgebirg, Provinz Constantine.

Sie kamen und sie gingen; anfangs war
Es mir ergötzlich, ihnen zuzuhören,
Doch nur zu bald erweckt' der Wandrer Schaar
Auch in mir selbst der Pilgerfahrt Begehren.

Und endlich war der schöne Tag genaht,
An dem ich diesen Ort der Qual verlassen
Durft', und nach südgeleg'nem Wüstenpfad
Einschlagen konnt' die langersehnten Gassen.

Ein Schneegestöber war das Abschiedswort,
Das Batna noch mir nachrief, als zu Pferde
Ich stieg, und folgend einer Maulthierheerde
Vom eis'gen Bergesstädtchen eilte fort.

Der Aures heißt die stolze Bergeskette,
Die sich im Norden um Sahara schlingt,
Durch den in Kiesgerölles weißem Bette
Ein Flüßchen wie mit Silberfäden dringt.

Das Flüßchen beut das einz'ge Thor zum Süden,
Stets geh'n der Pilger Wege ihm entlang,
Oft watet unsrer Mäuler treuer Gang
Durch seiner klaren Fluthen heitern Frieden.

Auf halbem Wege angelangt, da nahm
Ein Karawanserai die Pilger auf,
An flacher Stelle, wo des Flusses Lauf
Durch eine schmale Ebne leuchtend kam.

Arabisch war's nicht mehr. Denn theils zerfallen
Sind jene, theils in fränkische verwandelt.
Ein Marketenderweib geschäftig wandelt
Lautsingend auf und ab die kahlen Hallen.

Hochaufgeschürzt den fetten Arm, den nackten,
Läd't ein sie uns zu Speis' und Weingenuß,
Von ihren Lippen rinnt der Rede Fluß,
Wie Wasser aus des Niles Katarakten.

Nicht läßt sie, daß kokett sie ist, blos ahnen,
Vortrefflich sie mit ihren Augen spielt,
Und wirft um sich mit Blicken wohlgezielt,
Die an Pariser Boulevards mich mahnen.

Auch ist das Weib nicht häßlich im Geringsten
Und, katzengleich, hervor aus Schattens Dunkel
Das Auge blitzet licht, wie ein Karfunkel,
Die Wangen glüh'n, der Rose gleich, der jüngsten.

Der Busen wellt sich wie der Woge Spiel.
Denn Raum gab's ohne Mieder viele Spannen,
Ihr schwarzes Haar, weit dunkler als die Tannen,
In langen Locken auf den Nacken fiel.

Auf der Frisur, geschmückt mit rothen Schnüren,
Wiegt spielend sie ein allerliebstes Häubchen;
— O spare deine Müh', mein Turteltäubchen!
Französisch' Wesen kann mich nicht mehr rühren.

Doch glaube nimmer, daß ich je empfunden
Haß gegen die Nation, der du entstammt,
Mein Herz ist nur von der Begier entflammt,
In der Natur und Freiheit zu gesunden.

Das übertünchte Wesen schuf mir Leere,
Naturenkräft'ges möcht' ich gerne kennen.
Europamüde könnte man mich nennen,
Wenn nicht das Wort schon längst veraltet wäre.

Ich fliehe aus der Städte dumpfer Hülle!
Aus schmutz'gem Schwarm, der auf Erwerb erpicht,
Nach jener Wüste, wo die heil'ge Stille
Kein Krämerschrei mißtönend unterbricht.

Ich fliehe aus des Ehrgeiz' neid'schen Kreisen,
Wo Jeder ob des Andern Glück ergrimmt,
Nach jener Wüste, wo zu Friedensweisen
Die Palme ihre Aeolsharfe stimmt!

Ich flieh' des Waffentobens lärmend Reich,
Durchwallt vom Kriegesgott mit eh'rnem Schuhe,
Nach jener Wüste, wo tiefinnre Ruhe
Dem Geiste wie der Hülle lächelt gleich.

Doch, holdes Kind! darum nicht haß ich dich;
Gieb mir die Hand und sei mir böse nicht,
Laß küssen mich dein blühend Angesicht;
In dir sag' Lebewohl, Europa, ich.

Und weiter treibt mich wanderndes Gelüste
Hin durch des Atlas' hehre, stolze Gipfel;
Des Aures tausendfacher Cedernwipfel
Ist bald verschwunden, vor mir nur die Wüste.

Das Maulthier folgt abschüssigem Gelände,
Nur schwache Wegespuren seh' ich da,
Die Sonne, schon dem Untergange nah,
Beleuchtet roth die kahlen Felsenwände.

Das Flüßchen, sich verengend, schneller fließet
Und immer schmäler wird die Felsenschlucht,
Ich ahne schon, daß nah die hehre Bucht,
Die mir der Wüste Ocean erschließet.

Die Sonne schwindet hinter'm Bergesrande,
Und Leere herrscht am Firmament, dem blauen,
Die Nacht will senken sich auf müde Auen
Mit ihres Schleiers dunkelndem Gewande.

Da bricht hervor aus Wolken, aus den grauen,
Zum Tage wandelnd, schwarzumhüllte Nacht,
Des Mondes stille, silberhelle Pracht
Beleuchtet unsre Pfade, felsgehauen.

Und tiefer, tiefer sind wir stets gekommen,
— Denn auf der Meeresfläche Wüsten liegen —
Als wenn wir bis zur See hinab geklommen,
So jäh war nieder unsre Bahn gestiegen.

Und jetzt der engsten Felsenschlucht wir nahten,
Wo nur der Fluß des Wanderers Genosse,
Hier muß er niedersteigen von dem Rosse,
Es führend, durch die schnellen Fluthen waten.

So ging auch ich, hinstrauchelnd durch die Nacht,
Kaum fand ich Halt an meines Rosses Haaren;
Doch plötzlich, reichlich lohnend für Gefahren,
Lag vor mir niegeseh'ner Wonne Pracht.

Da lag fern ausgestreckt die Wüstenei,
Doch näher leuchtet thauig schmelz'ger Rasen;
Elkantra war's, die erste der Oasen!
Bezaubernd grauer Wüste Einerlei;

Und aufwärts aus der mondbeglänzten Nacht,
Wie hohe Seelen, die gen Himmel streben,
Sah tausend Palmen ich die Häupter heben,
Und geisterhaft die Fächer rauschen sacht.

O Palme! kaum bist du ein irb'scher Baum,
Du bist verpflanzt aus Edens sel'ger Ruh,
So fein und zart, so schlank und hehr wie du.
Wo wär' ein andrer auf dem Erdenraum.

Wer zeigt, wie du, kunstvoll geschichtet Schuppen,
Die deinen Stamm umringen wunderbar
Und Blätter, endend fein wie Menschenhaar,
Und zarter Zweige räthselhafte Gruppen?

Und hier gar bietet sich den trunk'nen Blicken
Von diesem Wunderbaum ein voller Wald:
Wer, dem noch Poesie im Busen wallt,
Wär' da nicht hingerissen von Entzücken?

O Palmen! Mittler zwischen irb'schen Grüften
Seid ihr, und zwischen hehrem Götterhain.
Es schweben eure Fächer federfein,
Gleich ries'gen Engelsfittigen in Lüften.

Ihr scheint wie eine holde Engelschaar,
Die, wenn auch von dem Himmel ausgeschlossen,
Ruht zwischen Erd' und Himmel hingegossen,
Hinaufgewandt der fleh'nden Augen Paar.

Ja, unter eurem Schatten will ich wohnen,
Verstehen lernen euer mystisch Rauschen,
Auf jener Töne Melodieen lauschen,
Die hell entwallen euren Fächerkronen.

Von euch will lernen ich nach Schülerart,
Was eurer Aeolsharf' ich hör' entwehen,
Und edler, besser werd' ich wieder gehen
Zurück zum Nord von meiner Wüstenfahrt.

Indeß, die Nacht rückt fort und tiefes Schweigen
Erfüllet der Oase kleine Welt;
Arab'sche Knechte schlagen auf das Zelt,
Und auch der Pilger muß zur Ruh' sich neigen.

Doch lullet ein mit heiteren Gedanken
Ein seliges Gefühl den Tagesmüden,
Und Hoffnungsblüthen, kündend wahren Frieden,
Um seine Seele sich wie Rosen ranken.

Nicht Täuschung hat die Hoffnung ihm gebracht,
In hehrer Ruh' ward sein Gemüth erneuet,
Und Seligkeiten, wie kein Mensch sie beuet,
Fand er in jener stillen Wüstennacht.

D'rum Wüste, an Oasen reich! für deine
Gastfreundschaft nimm mein Danken unermessen.
Nie werd' ich deiner Mondespracht vergessen,
Und ewig denken deiner Palmenhaine.

Die Jüdin von Tetuan.
Ballade.

I.

Süße Abendlüfte wiegen
Die Orangen ein,
Weißem Blüthenmeer entstiegen,
Quillt ein Duftstrom durch den Hain.

Feurig blüh'n des Lorbeers Rosen
An des Stromes Rand,
Zwischen Cactushecken kosen
Feuerkäfer lichtverwandt.

Lechzend die Cypresse dehnet
Wurzeln in den Fluß:
An den schlanken Stamm gelehnet,
In der Dämm'rungsruh' Genuß,

Juda's dunkle Tochter weilet.
Schwarz die Locke sinkt
Auf das Auge, d'raus getheilet
Zwiefach Feuer zaubrisch blinkt.

Willst du's Dunkel nicht entzünden
Schwarzes Augenpaar?
Bist zwar dunkler, doch verschwinden
Machst die Nacht du wunderbar.

Feuchter Nebel Kränze steigen
Aus dem Meer empor,
Auf ihr Feueraug' will neigen
Sanft sich auch ein Thränenflor.

Thauestropfen strahlend fallen
Auf des Ufers Grün;
Zähren perlend niederwallen
Auf der Wangen dunkles Blüh'n.

Nachtigallgesang erschallet,
Tönend Lerchen zieh'n;
Heiße Liebesklage hallet
Von der ros'gen Lippen Glüh'n.

Der Jüdin Klage.

II.

Um den Jüngling, von fremdem Stamme
Ernähret,
Wie heiß mich der Sehnsucht Flamme
Verzehret!

Mit Wahnsinnsgewalt mich die Triebe
Umstriken,
Nur er beut wahrer Liebe
Entzüken.

Nur ihm am Busen zu hangen
Mein Hoffen:
O fänd' ihn mein glühend Verlangen
Stets offen!

Doch weh! wenn er nahet,
Mich bald zu verlassen,
Der Geschlechter Hassen
Uns finster umfahet.

In seinen Armen,
Wenn selig ich liege,
Spielt ihm um die Züge
Verachtend Erbarmen.

Dem Ismaeliten
Zur Gattin zu schlecht,
Dünkt's Kind vom Geschlecht
Der Israeliten.

Weh! und heißer doch stets mich die Flamme
        Verzehret,
Um den Knaben, von fremdem Stamme
        Ernähret.

Mit des Frühlichts Rosen mein Sehnen
        Schon wachet,
Noch in Abends Ruh' mich süß Wähnen
        Umfachet.

Ach wie gern läßt verliebtes Bangen
        Sich trügen!
Mir träumt stets an des Holden Wangen
        Zu liegen.

Doch horch! seine Tritte!
Eil', klopfende Brust!
Voll hoffender Lust
Entgegen dem Schritte.

Ach! nicht legt er Gewicht
Auf liebende Zeichen,
Sie können erweichen
Den Erkälteten nicht.

Kalt sind und voll Würde
Islamitische Frauen,
Mich feurig zu schauen
Dünkt Schmach ihm und Bürde.

Zwar so lang mich der Jugend Gaben
Noch schmücken,
Weiß ich, daß mir nicht Fremde den Knaben
Entrücken.

Wann sich neiget dem Meere die Sonne,
Da kehret
Der Holde, und Leiden und Wonne
Mir mehret.

Bald Lust er, bald Kummers Gewühl
Mir bereitet,
Und wild in der Brust das Gefühl
Jetzt streitet.

Gestillt kaum der Lust
Gluthprasselndes Lohen,
Ist Liebe entflohen
Aus feuriger Brust.

Aus zärtlichen Armen
Reißt kalt er sich los,
Läßt hülflos und bloß
Mich allein, ohn' Erbarmen.

Denn ohn' Heimath geblieben
Ohn' Helfer und Rather,
Verließ ich den Vater,
Entsagt' ich den Lieben.

Hieher zu dem Strande
Im einsamen Zelt
Entging ich der Welt,
Floh drohende Bande.

Dem Geliebten zu leben,
Mein einzig Begehren,
Weh! einsam verzehren
Nun muß ich mein Leben.

Schnell flieht er am Abend
Dem liebenden Blick!
Auch's flüchtige Glück,
Ich schlürf' es, erlabend

Das Herz mir, in Zügen
Voll brünst'gem Behagen;
Doch bald voll Verzagen
Muß einsam ich liegen.

Die Schleier wohl senket
Hernieder die Nacht,
Doch quälender Macht
Nicht Ruhe sie schenket.

Vernimm meine Bitten!
Zu lösen die Schmerzen,
Komm, Tröster der Herzen,
Asrael *), geschritten.

------- - -

*) Asrael, der Engel des Todes.

Die lieblichen Züge
Nimm an meines Knaben,
Daß seliges Laben
In's Jenseits mich wiege.

Gieb, was ich ersehne:
Daß am Busen ihm hangend,
Den Holden umfangend,
Zu sterben ich wähne.

III.

Also klagt die junge Jüdin
Nächtlich, plötzlich in den Bäumen
Ein Geräusch von nahen Schritten
Schreckt sie auf aus düstern Träumen..

„Ob er treu mir wiederkehret?
O! dann decke hold Vergessen
Alle meine Leiden, — Wonne
Bringt sein Nahen unermessen."

Doch der Knabe, den sie liebte,
War es nicht, der jetzt ihr nahte,
Liebend nicht, — voll Haß, ein Wesen
Schlich auf einsam nächt'gem Pfade.

Juda war's, ihr Anverwandter,
Dem der Vater in der Wiege
Schon verlobt' sie. Zorn'ges Höhnen
Spielt ihm um die finstern Züge.

Und in rachelust'ger Rechten
Scharfen Scimitar er schwinget,
Der aus feigen Mörders Händen
In den schönsten Busen dringet.

Heimlich senkt man ihre Leiche
In ein sand'ges Ruhebette,
Stammeshaß umgiebt im Tode
Der Gefall'nen Grabesstätte.

„Fluch treubrüch'ger Tochter Juda's,
Die verfallen schnödem Triebe,
Die, der Väter Stamm befleckend,
Sklavisch dientest fremder Liebe!

„Wehe! wärst du nie geboren,
Besser wäre dir geschehen,
Denn als Opfer fremder Liebe
Schmachbefleckt zu Grabe gehen!

„Fluch der Stunde, da die Mutter
Dich an's Licht der Welt gezogen,
Fluch dem Leib, der dich getragen,
Fluch der Brust, die du gesogen!"

Also rief ein Greis. Erzeuger
Ihr, die einst er heißgeliebet,
Doch der nun nach Stammes Sitte
Schwerste Vaterspflicht geübet.

Einsam weilt des Fluches Stätte. —
Nur die Trauerweiden neigen,
Milder als der Menschen Herzen,
Ihr sich mit gesenkten Zweigen.

Sieh'! da steigt in mitternächt'ger
Stund' empor aus der Natur
Hold der Genius der Liebe,
Schwebt um ihres Grabes Flur.

„Armes Herz, vom Gram gebrochen,
In der Erde ruh' in Frieden!
Von den Tropfen meines Kelches
War der herbste dir beschieden."

„Liebtest heiß und warbst verachtet,
Liebtest trotzdem voller Sehnen,
Nie verstanden, dennoch liebend,
Glaubtest du dem eignen Wähnen.

„Hofftest Gegenlieb' zu wecken,
Da, wo höh're Triebe schwiegen,
Wo willkommen war nur niedres
Seelberaubtes Sinnvergnügen.

„Edles Herz! du glaubtest ewig
An der Gottheit ird'sche Spuren,
Dachtest nicht an's Dasein schaler
Schmutzgeborener Naturen."

„Mag dein Stamm dir fluchen, weil er
Nie verstanden höh're Triebe,
Die ihm schmachvoll däuchten, ewig
Segnet dich der Gott der Liebe."

Also klang des Gottes Segen,
Da der Menschen Fluch verhallte:
Dem Orangenhain gen Himmel
Eine Weihrauchwolk' entwallte.

Brouillon.

Bosphorus.

Wunderbare Blüthenlenze!
Die granatenros'ge Strahlen
Ueber Bosphor's Weltentänze
Am Cypressenfuße malen.

Cedernwipfel, kraftentsprossen,
Zarten Duft's die Lüfte weihen;
Hügelkronen, waldumflossen,
Ihren Spiegel Wogen leihen.

Meeresstrom! von zwei der Welten
Eingeengt, wie reißend weichst du!
Tobest bald mit nord'schen Belten,
Bald mit stillen Seen schweigst du.

Bosphorus! dein Tagesglühen
Strahlet Sonnenaufgangs Hehre;
Tausend Funken nächtlich sprühen,
Zaubern dich zum Sternenmeere.

Mittags decket heil'ges Schweigen
Deine ruhentzückten Fluthen,
Bis zu dir sich niederneigen
Sonnensterbens Flammengluthen.

Bis dem holden Blüthenlächeln
Abendlüfte kühl entquellen,
Deren Athemzüge fächeln
Deine schlummersatten Wellen.

Tragt euch, minnigliche Lüfte,
Weihrauchschwer von Lenz zu Lenzen,
Paaret Asiens Nelkendüfte
Mit Europa's Rosenkränzen!

Balsamspendend, ihr im Zuge
Beider Welten Freuden lauschet,
Wohlgeruch euch selbst im Fluge
Mächt'ger stets entzückt, berauschet;

Bis in süßen Taumels Träumen
Kühnern Wirbels ihr euch drehet,
Statt mit Zephyrs holdem Säumen,
Mit des Sturmes Fittig wehet;

Bis aus seiner G'leise Räumen
Auf ihr peitscht den Wogenspiegel;
Wassersäulen jagt in Schäumen
Vor sich des Orkanes Flügel.

Aus dem Sommerschlaf geschreckt,
Aufgefahren sind die Fluthen,
Wogen senkrecht aufgereckt,
Jähen Sturzes sich verbluten.

Wahnsinnstrunk'ne Melodeien
Heulen sturmgepeitscht die Lüfte,
Und ein höll'scher Geisterreihen
Wühlt durch Klippen und durch Klüfte.

Stürm'scher die Orkane kreisen,
Rütteln an des Erdball's Klammern,
Aus den ewigen Geleisen
Sprengen Wogen Felsenkammern.

Wer nach solcher Stürme Dräuen
Kennt dich wieder, Strom der Meere!
Wenn dir Sommerlüfte beuen
Sonn'gen Mittags Glanzeshehre?

Bist du's, Sohn des Oceanes,
Spiegelnd dich im Frühlingstande,
Den ich jüngst sah in Orkanes
Schmutzig fahlem Schaumgewande?

Heute strahlst du mild und sonnig,
Morgen trübst du blaue Fluren.
Wähltest ew'gen Wechsel, wonnig.
Liebst du wandelnde Naturen.

Gleichst dem menschlichen Gemüthe:
Freuden lenzlich es beschwingen;
Doch der Sturm naht, knickt die Blüthe,
Hört der Seele Schwanensingen.

Selig du! der Mai umlachet
Wieder deines Strand's Gefilde.
Doch ein todtes Herz erfachet
Keines Frühlingshauches Milde.

Der Harem am Bosphorus.

Ballade.

I.

Aus Nelkenblüthen
Steigt üppiger Duft.
Des Rosenöls Zauber
Durchwürzen die Luft.

Der Teppich funkelt,
Wie Blumen und Gold,
Auf schwellenden Polstern
Schmiegt Hold sich an Hold.

Viel Mädchen, so blühend,
Wie Röschen im Mai,
Umstehen die Gattin
Des mächtigen Bey.

Auf persischen Shawlen
Zorajah ruht,
Es strahlet das Antlitz
Wie Milch ihr und Blut.

Was sind die Juwelen,
Was goldenes Kleid
Zum lieblichen Zauber,
Den Schönheit ihr leiht?

Selbst Muhamed's Gattin,
Sie rühmte sich nicht
Solch' Reizes, gewunden
Aus Dunkel und Licht.

Ihr Auge, es spiegelt
Das Finster der Nacht,
Wie die Morgensonne,
Sie Goldhaar umlacht.

Wie Marmormeers Wellen
Vom Südwind erfacht,
Ihr Busen sich hebet
In marmorner Pracht.

Im tändelndem Spiele
Ihr Füßchen sich wiegt,
Von goldenem Schuhe
So zierlich umschmiegt.

Die üppigen Formen,
Des Liebreizes Sitz,
Verheißen ein Eden
Dem sel'gen Besitz.

Es pflückt die Narcisse
Die rosige Hand,
Die Düfte sie tragen
In des Traumreichs Land.

Denn hoch auf der Stirne,
So schneeig und weiß,
Ruht himmlisches Sinnen,
Ruht Sehnen so heiß.

Der Falter umschwärmet
Die Blüthe voll Duft,
Geheimnißvoll' Flüstern
Begeistert die Luft.

Der Schmetterling.
„O Blume, so duftig!
O Herrin, so schön!
Wer kennt nicht die Liebe,
Wer je Euch geseh'n?"

Zorajah.
O Falter! nicht flüstre
Von Liebender Qual,
Wohl kenn' ich die Liebe,
Doch — nicht zum Gemahl!

Der Schmetterling.
„Narcisse, Du Holde!
Was scheuchst Du mich stets?
Hör' endlich die Töne
Des Liebesgebets."

Zorajah.
Bey Hassan ist finster,
Und dräuend der Blick,
Nie strahlet ein Lächeln
Sein Auge zurück.

Der Schmetterling.
Sanft schmückt Dich, Narcisse,
Der Blüthe Gewand,
Balsame entschwärmen
Des Kelchblattes Rand!"

Zorajah.

Ach! blühend ist Selim,
Der liebliche Knabe,
Nie Schönern gesehen
In Stambul ich habe.

Der Schmetterling.

„Zwar fehlt Dir, Narcisse,
Das Feuer der Rose,
Doch glühend erregt mich
Dein duftig Gekose."

Zorajah.

Aus Selim's Auge
Manch' rosiger Strahl
Dringt tief in den Busen
Von Hassan's Gemahl.

Der Schmetterling.

„Die Rose führt Dornen,
Du, Holde! bist glatt,
Zu stechen verwehret
Dein sammtenes Blatt."

Zorajah.

Wie hass' ich die Dornen
Des bärtigen Kinn's;
Ihm lachet die Wange
Voll maiigen Sinn's.

Der Schmetterling.

„Bei Tag' muß ich flattern
Im Aethergold,
Doch nahet der Abend,
Ist Liebe mir hold."

Zorajah.

Bey Hassan hält Wache
Von morgen bis spät,
Nicht frei ist der Harem
Vor'm letzten Gebet.

Der Schmetterling.

„Eilst, sterbende Sonne,
Dem Westen du zu,
Umfängt, o Narcisse!
Dein Kelch mich zur Ruh."

Zorajah.

Ruht Hassan im Taumel
Vom lärmenden Mahl,
Mir leuchtet zu Selim
Des Mondlichtes Strahl.

So Wechselgefühle
Tauscht Falter und Frau,
Bis beide umhüllt hat
Das nächtliche Blau.

II.

Tiefes Schweigen
Ruht auf Grüften:
Träumend neigen
Ihre Wipfel die Cypressen;
Abendlüften
Düfte, lehrend Schmerz vergessen.
Süß entsteigen.

Schwermuth fülle
Heil'ge Räume!
Grabesstille!
Doch Verzweiflung bleibe ferne;
Liebesträume
Selbst um Gräber webet gerne
Holder Wille.

Auf den kahlen
Marmorsteinen
Mondesstrahlen,
Dringend aus den rebumrung'nen
Lorbeerhainen,
Sich in Lettern, wildverschlung'nen,
Golden malen.

Späte Stunde
Klingt aus frommen
Derwisch's Munde,
Wann zum Nachtgebet er mahnet;
Und Ihr Kommen
Des Verliebten Busen ahnet
Zu dem Bunde.

Stillem Orte
Nahen Tritte;
Näch'gem Horte
Ihre Lenkung gern vertrauten
Frauenschritte:
Hinter sich des hochgebauten
Schlosses Pforte.

Kaum gefunden,
Die sich lieben,
Schon verbunden!
Herz in Herz will überfließen,
Gluth getrieben,
Seel' in Seele sich ergießen,
Zart umwunden!

Ueber Grüften
Tiefes Schweigen!
Blumendüften
Nur zuweilen Seufzertöne
Süß entsteigen,
Künden Lob der ew'gen Schöne
Abendlüften.

III.

Vom Mahle auf steht Hassan Bey:
„Bringt Kaffee und Tschibuk herbei!"

Auf hochgepolstertem Diwan
Hält seine Abendruh' Hassan.

Zur Seite ihm der Tschibuktschi, *)
Sitzt nieder auf des Herren Knie.

Selim in Hassans Schooße saß,
Deß Barthaar war vom Weine naß.

---

*) Tschibuktschi, der Pfeifenstopfer, ein hochwichtiges Amt!

So war's für Selim kein Vergnügen,
Dem Alten Zärtlichkeit zu lügen.

Betäubt vom Mahle war Hassan,
Schwer 's Denken fiel dem plumpen Mann,

Der selbst an seinen besten Tagen
Vermochte nichts Gescheit's zu sagen.

Er unterhielt mit Selim sich,
Den Langeweile bald beschlich.

Einschlief er in des Herren Schooß,
Ward so die Unterhaltung los.

Versunken kaum in's Träumereich,
Vergaß der Gegenwart er gleich.

Ihn träumt', er stünd' beim Mondenschein
Mit Hassan's Weib im Lorbeerhain.

Ihn träumte von Zorajah's Haar,
Von ihrem schwarzen Augenpaar,

Von ihres Busens weißer Pracht,
Von ihrer Wimper Zaubernacht;

Wie Lilien der Lippen Rund,
Zum Kuß gespitzt der süße Mund.

Ihn träumt von ihres Nackens Pracht,
Von ihrer Schönheit Zaubermacht;

Er fühlt der Liebe süße Flammen,
Die ihrer Anmuth Glanz entstammten.

Fühlt, wie die Flammen sich entbinden,
Des Herzens innern Kern entzünden,

Bis liebentglüht das junge Herz
In Seufzern woget ätherwärts.

Im Traum verräth des Jünglings Brust,
Daß er gekost't verbot'ne Lust.

Für wen sein Herz von Lieb' erfüllt,
Sein ganz Geheimniß er enthüllt.

„Wann führt, Geliebte, unser Stern
Zusammen uns, von Hassan fern?

„Wann bist du, Holde, wieder mein,
Wann nimmt uns auf der traute Hain?"

So tönet's aus des Schläfers Munde:
Bey Hassan lauscht der selt'nen Kunde.

Erst faßt sein dummes Hirn es kaum,
Doch bald giebt es der Rache Raum.

Und zornig führt empor der Bey,
Der Ochs verwandelt sich zum Leu.

Durchglüht von dunkler Leidenschaft,
Fühlt er zu düstern Thaten Kraft.

Noch hält den Jüngling er im Arm, —
O daß sich Allah Dein erbarm'!

Tief unten rollt des Oceans Fluß,
Die tiefste Wog' im Bosphorus.

Dort ist der Schiffer sichres Grab:
Den Knaben wirft der Bey hinab.

Hoch von der Zinn' zur selb'gen Stund',
Serajah sank in den salzigen Grund.

Bey Hassan aber kehrt zum Mahl,
Sucht Trost im gold'nen Weinpokal.

———

Fasli's *) Tod.

Ballade.

Da sitzt der alte Dichter
Auf schwellendem Diwan,
Um ihn des Harems Mädchen,
Aus Erserum und Wan.

Aus Erserum, den Blonden,
Die Wange rosig blüht,
Vom Strande Wan's, den Braunen,
Das Auge feurig glüht.

Sie bringen ihm die Pfeife
Voll syr'scher Kräuter Duft,
Dem gold'nen Rohr entwallen
Rauchwolken in die Luft;

In perlgefaßten Schalen
Wird Mokka's Saft gereicht,
Arom'sche Zauber würzen
Die Luft, zum Athmen leicht.

Doch nippt der alte Dichter
An gold'nem Rande kaum;
Stumm schickt er Raucheswolken
In den azurnen Raum.

---

*) Fasli, der bekannte türkische Dichter des Liedes von „Gül und Bülbül", d. h. der Nachtigall und der Rose.

Es späht umher voll Argwohn
Sein sorgumflorter Blick,
Doch finst'rer, immer finst'rer
Kehrt wieder er zurück.

Die Mädchen, seh'n die Wolken
Der edlen Dichterbrau,
Sie schmiegen ihre Wangen
An seines Bartes Grau.

Es beut zu süßem Kusse
Manch' schöner Mund sich dar,
Es lächelt zart Geheimniß
Manch' holdes Augenpaar.

Nicht rührt's den alten Dichter,
Stumm winkt er: „Mustapha!" —
Der Sklave naht. — Er fragt ihn:
„Ist Abbas noch nicht da?"

„Sie trug auf Bosphor's Wellen
Vergoldeter Kaïk, *)
O Herr!" so spricht der Knabe,
„Wir sah'n sie nicht zurück."

Es senkt in stummem Harme
Sein Haupt der Dichtergreis.
„O Gül und Bülbül!" seufzt er,
„Wer liebt wie Bülbül heiß?

„Wie Bülbül's, meine Liebe!
Wie Gül ist Abbas schön!
Es war mein einzig Leben,
Die Rose anzuseh'n."

---

*) Kaïk, die im Bosphorus üblichen Nachen.

„...Es war Dein einzig Leben,
Die Rose anzuseh'n.
Sieh' nun die weiße Rose!
Erblichen selbst, noch schön."‘"

Mustapha sprach's. — Da bringen
Die Kaïkschi *) aus dem Floß,
Die Leiche Abbas' senken
Sie in des Dichters Schooß.

Stumm sitzt der alte Dichter,
Nicht netzet Thränenthau
Den Blick ihm, starr auf Abbas
Ruht seines Auges Blau.

Stumm saß er so drei Tage,
Kein Seufzer himmelwärts
Der Lipp' entsteigt, doch endlich
Da bricht sich Bahn der Schmerz.

„O Gül! so mußt' erbleichen
Dein rosenwonn'ger Glanz?
Muß Bülbül's Stimm' auch schweigen,
Du warst des Liedes Kranz!

„Bist Du geknickt, o Rose!
Im jungen Blüthenmai,
Der Nachtigall Gekose
Verhallt auf ewig sei!"‘

Es sprach's der alte Dichter,
Dann senkt er's Haupt hinab.
Sie trugen nach drei Tagen
Zu Abbas ihn in's Grab.

*) Kaïkschi, die Führer des Kaïk.

Fakir und Sultane.
Romanze.

Am Derwischkloster von Kerim Bey
Ritt einst die Sultanstochter vorbei.

Dort an die Cypresse gelehnet stand
Ein Fakir, stumm, in sich gewandt.

Der Fakir blickte in die Höh',
Da faßt ihn niegekanntes Weh'.

Er fühlt geheime Sympathien
Ihn mächtig zu der Schönen zieh'n.

Von Stund' an aber ward verwandt
Sein ganzes Wesen, gluthentbrannt.

Im Herzen entbrannt' ihm Liebe heiß:
Doch die Fürstin nichts von Liebe weiß.

Von Stund' an er nur Eines dachte:
Wie er nach der Geliebten trachte.

Zwar wußte der arme Fakir zu gut,
Die Geliebte sei von Osman's Blut,

Und er eines Bettelderwisch's Sohn!
Wie dürft' er schauen auf zum Thron?

Und dennoch der Fakir liebte so heiß:
Doch die Fürstin nichts von Liebe weiß.

Und wo er mochte geh'n und steh'n,
Erstrebt er nur die Herrin zu seh'n.

Wo immer sie mochte des Weges sein,
Da drängt' er sich in die vordersten Reih'n,

Und blickt' sie an so voll inniger Lust;
Dann heilte der Blick ihm die kranke Brust;

Dann war für viele Tage genesen
Er, emsig im Beten und Koranlesen.

Doch wann er des Anblicks lang' entbehrt,
Dann war er finster und in sich gekehrt.

Der arme Fakir liebte so heiß!
Doch die Fürstin nichts von Liebe weiß.

Einst aber war größer, denn je, sein Weh,
Da ging der Fakir nach Selim's Moschee.

Dort sollte sie vorüberkommen,
Zu beten auf dem Grab' der Frommen.

Und wie der Fakir von fern sie sieht,
Von ihr nicht das lechzende Aug' er abzieht.

Schaut an sie so voll innigem Glück,
Vergißt die Welt ob solchem Blick.

Vergißt, daß nahe schon die Rosse,
Daß mitten er in der Reisigen Trosse,

Daß rings die Menge ihn umstemmt,
Und daß er den Reitern die Pfade hemmt.

Und wie so sein Blick nicht von ihr weicht,
Da hat ihres Pferdes Huf ihn erreicht.

Liegt zu Boden gerissen von stolzem Roß,
Und über ihn reitet des Hofes Troß.

Mit brechender Wimper letztem Weh'n,
Nur Eins noch erstrebt er: die Theure zu seh'n.

Es sieht sein sterbend Angesicht
Die Herrin, doch das rührt sie nicht.

Zertreten liegt der Fakir hier,
Und noch im Tod' blickt er nach ihr.

Mit mattem Sterbeseufzerton
Gesteht seine Liebe des Derwisch's Sohn.

Doch sie spricht: Schafft den Bettler fort!
Scharrt ein ihn an entleg'nem Ort.

Der arme Fakir liebte so heiß!
Doch die Fürstin nichts von Liebe weiß.

Der Wächter des Serails.

Klage.

An des Harems Pforte
Tag für Tag muß steh'n,
Lauschen jedem Worte,
Jeden Blick erspäh'n.

Wenn ein Blick der Schönen
Winkend aus der Fern,
Kündet strafbar Sehnen,
Meld' ich es dem Herrn.

Was der Menschenwürde
Ist entsprechend nicht,
Macht man mir zur Bürde,
Macht man mir zur Pflicht.

So den Weg zur Tugend
Dem noch wehret man,
Den die Lust der Jugend
Nie beglücken kann.

Täglich muß ich schauen
Schönste Schöpfungszier,
Doch der Blick der Frauen
Weiht Verachtung mir.

Zeuge heißer Triebe,
Schwellend And'rer Brust,
Leb' ich ohne Liebe,
Leb' ich ohne Lust.

Zwar der Herr zum Lohne
Gab mir Schätze fein,
Selbst aus seiner Krone
Manchen Edelstein.

Mit juwel'nem Bande
Sich mein Hals umschlingt,
Gold der Prachtgewande
Meinen Leib umringt.

Doch wie sehr auch ziere
Pracht des Schmuckes mich,
Bettler vor der Thüre
Reicher sind, als ich.

Jünglingen im Garten
Vor des Schlosses Thür,
Die der Blumen warten,
Ordnen ihre Zier,

Folgen mit den Blicken
Des Serailes Frau'n,
Und ein süß' Entzücken
Spielt um ihre Brau'n.

Doch wenn mich die Pflicht
Rufet in den Saal,
Auf der Frau'n Gesicht
Les' ich Spott zumal;

Und was Andrer Herzen
Bietet Seligkeit,
Mir nur neid'sche Schmerzen,
Seelenpein verleiht.

Zwar als Kind mir lachte
Hoffnung grünumlaubt,
Lebensfreud' umfachte
Mir auch sanft das Haupt.

Wuchs mit den Gespielen
Auf in Kinderlust,
Menschlichen Gefühlen
War nicht fremd die Brust.

Auch mein Herz entzückte
Süßer Freundschaft Band,
Meine Rechte drückte
Manches Bruders Hand.

Als die Kindheit war
Nun für mich vollbracht,
Und ich stand im Jahr',
Da die Lieb' erwacht.

Mußt' ich Anb're sehen,
Mir an Alter gleich,
Freudestrahlend gehen
Ein zum Liebesreich.

Mir sich regten Triebe
Mit nur matter Lust,
Doch ohnmächt'ge Liebe
Wollte keine Brust.

Wie ein Dorn zum Herzen
Drang mir fremdes Glück,
Ach! es blieb der Schmerzen
Stachel d'rin zurück.

Sah ich And're praſſen
An der Wolluſt Mahl,
Sich der Trieb zum Haſſen
In die Bruſt mir ſtahl.

Vor dem gift'gen Triebe,
Der mein Herz zerriß,
Schwand der Reſt von Liebe,
Den Natur mir ließ;

Und weil unabläſſig
Neid mich quälte ſcheel,
Allen ward gehäſſig
Ich an Leib und Seel'.

Wie von Körper häßlich,
So an Geiſt entſtellt,
Wie ein Schemen, gräßlich,
Flieht mich alle Welt.

Komm', o Allah's Güte!
Und befrei' die Erd'
Von dem Baum ohn' Blüthe,
Der den Hain entehrt.

Mir, dem Alle fluchen,
Gönn' ein gnädig Loos:
Ruhe dem Eunuchen
In der Erde Schooß.

Die Todtenvögel des Bosphorus.

Sieh sie ziehen!
Eilig fliehen,
Ob der schnellen
Meereswellen
Hellem Spiegel.
Ihrer Flügel
Schwarz Gefieder
Schwingt sich nieder
In die leichte
Schaumesfeuchte:
Rasch wie Winken
Durstig trinken
Sie die helle
Salzeswelle.
Wogerquicket,
Luftentzücket,
Nun in Zügen
Fort sie fliegen,
Ob der Klippen
Fels'gen Rippen,
Ueber Klüfte,
Wogengrüfte,
Durch die Lüfte.

Fort die Vögel,
Schwarzem Segel

Folgend, eilen,
Nie sie weilen:
Flieh'n geschwinde
Mit der Winde
Lärm und Brausen,
Pfiff und Sausen:
Menschenstätten,
Gräberbetten,
Gärten, grünen,
Kahlen Dünen,
Waldes Stämmen,
Felses Kämmen,
Muntern Heerden,
Oeden Erden,
Hütt' und Hallen,
Pfeilschnell wallen
Sie vorüber,
Wie nie trüber
Kranz von nassen
Wolkenmassen.

Hört die Sage
Solcher Plage:
Nach dem herben
Ird'schen Sterben,
Ruhlos quälen
Arme Seelen
Rachemeister.
Todtengeister
Sind die Vögel,
Die das Segel
Schwarzer Nacht

Folgen macht,
Ruhelose;
Grausem Loose
Sind vor Allen
Sie verfallen.
Lebens Münden
Sie verkünden:
In den Hainen
Stilles Weinen,
Zwischen Mauern
Schluchzend Trauern,
Auf den Auen
Folgt das Grauen,
Wo sie fliegen,
Ihren Zügen.
Letzter Stunde
Trauerkunde
Ihre Schwingen
Allwärts bringen.
Doch verschieden,
Ob von Süden,
Ob vom Sterne
Nord'scher Ferne,
Her sie kommen,
Wird's genommen:
Zieh'n von Norden,
Künden Morden,
Krieg und Morden;
Zieh'n von Süden,
Künden Frieden,
Tod voll Frieden.

Abschied von Bujukdere.

Muß ich von dir den Schritt nun lenken,
Mein Thal, das ich nicht wieder seh',
So will ich mich in dich versenken
Noch einmal, eh' ich von dir geh'.

Noch einmal will durch deine Haine,
Durch deiner Fluren üppig Grün
Ich wandeln, schwärmerisch alleine,
Und dann voll Trauer weiter zieh'n.

Noch einmal von des Berges Gipfel,
Der hoch dein Duftgefild besieht,
Will Thränen auf der Weide Wipfel
Ich gießen, die im Thale blüht.

Noch einmal will ich mich vermessen,
Zu treten in das Heiligthum,
Das afrikanische Cypressen
Umschweben träumend rings herum.

Hier war es, wo an heil'ger Stelle
Die Finsterniß des Herzens wich,
Wo sich in meine kranke Seele
Ein Liebesmorgen rosig schlich;

In meine Seel', die langverschlossen
Der Liebe Offenbarungstrieb.
Seit knickte ihres Lenzes Sprossen
Bitt're Enttäuschung erster Lieb'.

Seit jenem endlos tiefen Schmerze,
Deß Narben noch vom Blute dräu'n,
Kam Lieb' nicht in's gebroch'ne Herze.
Den Wunden Balsams Trost zu beu'n.

Doch hier im Haine der Cypressen,
Da kam mich's an so wunderbar,
Wie Frühlingshauch und Schmerzvergessen,
Ein Wonnemorgen sonnenklar!

Hier schwebt' von holder Lippen Rande
Ein Freudentag mir in die Brust,
Da brach verjährten Kummers Bande
Der Augenblick in sel'ger Lust,

Als du mich, holdestes Gebilde
Von orientalischer Gestalt,
Gefesselt hielt'st mit deiner Milde
Unwiderstehlicher Gewalt.

Es schwamm das Herz in sel'ger Stunde,
Sich labend in dem Balsamthau,
Der liebend seine alte Wunde
Bespülte lind und frühlingslau.

Nicht heilen konnten neue Triebe
Den Schmerz, der alt und dennoch jung,
Doch Dank dir! Dank für deine Liebe,
Für meiner Leiden Milderung!

Du bliebst mir treu nicht; doch ich rechte
Mit dir d'rum keinen Augenblick:
Du stammst aus feurigem Geschlechte,
Dich nahm des Südens Gluth zurück.

Wohl zürnen möcht' ich, hätt' zum Lieben
Ein ganzes Herz gebracht ich dar,
Doch wie kann Abfall den betrüben,
Deß Herz schon längst gebrochen war!

Den, der ein schon zerknicktes Herze
Zur Liebe bringt, nicht sieht er an,
Weiß, daß sein Herz, geweiht dem Schmerze,
Ein ganzes Herz nicht fesseln kann.

Doch nochmals Dank dir für die Stunde,
Die dieser stumme Hain geseh'n!
Ein Labetrost verjährter Wunde,
Ein balsamhauchend Säuselweh'n.

O nie, nie werd' ich dein vergessen!
Und heilig bleibt mir für und für,
Im Schwärmerkranz von Traumcypressen,
Dein Bild, geprägt in's Inn're mir.

Wenn ich von dir den Schritt muß lenken,
Mein Thal! das ich nicht wieder seh';
Bleibst doch mein Trachten du und Denken,
Bleibst bei mir, wenn ich weiter geh'.

———

Des Derwisch's Klage.

Meine Jugend, maientsprossen,
War erblüht im wonn'gen Jahr,
Rosen flocht ich mir in's Haar,
Dolden meine Stirn umflossen.
Aber eh' des Sommers Höhe
Noch erstiegen, kam das Wehe,
Und es sanken
Hin die schwanken
Blüthen, und mein Mai erlag.

Auf dem ros'umblühten Plan'
Lenzgeschmückter Glanzgefilde
Schwebt ein himmlisches Gebilde
Mir vorbei, und, ihm zu nah'n,
Wie im Flug ich mich zur Reise
Schicke nach des Wettlaufs Preise, —
Schnell zerronnen
Sind die Wonnen,
Unerreichbar meinem Arm.

In dem mondbeglänzten Hain
Träumt' ich, daß die junge Rose
Mit dem Zephyr nächtlich kose,
Träumte, Zephyr selbst zu sein;

Doch ein Sturm kam angesauset,
Hat den Zephyr überbrauset,
Und zu Schäumen
Ward mein Träumen,
Mein Erwachen wehmuthschwer.

Ach! es hat unendlich Sehnen
Meinen Busen angefüllt,
Aber ewig ungestillt,
Blieb es nur ein todtes Wähnen.
Meiner Jugend Kranz verblüh'te
Und der Hoffnung Stern verglüh'te;
Doch geblieben
Ist mein Lieben,
Thatenlos und sehnsuchtsschwer.

Und nun, in des Klosters Garten,
Unter schattenden Cypressen,
Lern' ich nimmer auch Vergessen,
Will ich still des Todes warten;
Tröster hoffnungsloser Triebe,
Bringt er Ruhe meiner Liebe.
Schweige, schweige,
Herz! und neige
Voll Ergebung dich vor ihm.

Die Fischlein von Balukli.

Griechische Legende.

Der letzte griech'sche Kaiser, der Kaiser Constantin,
Ritt einst vor Byzanz' Mauern in tiefbetrübtem Sinn,
Vor Byzanz, das belagert vom wilden Türken war,
Es droht dem griech'schen Kaiser selbst auf dem Ritt Gefahr;

Und wie heraus zur Pforte, die man die gold'ne nannt',
Gelenkt sein Roß der Kaiser mit zaumgeübter Hand,
Da siehet dicht am Wege er einen Pilger steh'n:
Es war der alte Pilger gar seltsam anzuseh'n.

Trug eine weiße Kutte, trug Schuhe silberweiß,
Und eine Palmenkrone trug auf dem Haupt der Greis.
Es fiel in langen Wellen hinab sein lichter Bart,
Doch war er nicht gestaltet nach and'rer Greise Art:

Weiß war er bis zum Rande, doch unten färbt' er sich,
Der Haare Spitzen strahlten dort wieder rosiglich;
Als hätt' ein Greisenalter der Bart schon ausgelebt,
Und werd' von besser'n Lebens Morgenroth umschwebt.

Der Pilger hielt 'nen Teller in altersmüder Hand,
D'rauf ein Gericht von Fischlein, gebraten, sich befand;
Als schickt' er sich zum Mahle, so schien der greise Mann:
Da plötzlich ritt der Kaiser ganz nah zu ihm heran.

Er sah den alten Pilger, frug ihn: „Woher? Wohin?"
Doch Jener sprach zum Kaiser: „Kehr' um, o Constantin!
Denn während hier Du rittest, zur Stadt der Türke kam,
Und Deiner Väter Erbe sein krummer Säbel nahm."

Nicht glauben wollt's der Kaiser und sprach zum Alten dann:
„Wodurch kannst Du bewähren Dein Wort, o Pilgersmann?"
Doch Jener warf die Fischlein zum Zeichen in den Teich,
Da wurden die gebrat'nen lebendig allsogleich.   -

Und lustiglich im Teiche sie schwammen für und für,
Es prangten ihre Leiber in gold'ner Schuppen Zier,
Sie leuchteten so helle, sie leuchteten so klar,
- Und jeglichem Beschauer schwoll's Herze wunderbar.

Voll Staunen sah's der Kaiser und eilig um er kehrt',
Doch ach! Es war sein Kommen der Mühe nicht mehr werth:
Denn 's hat Constantinopel der Türke schon besetzt,
Auf Sanct Sophia's Altar schon seinen Dolch gewetzt.

Es sammelt schnell der Kaiser der Treuen kleine Schaar,
Zwar wähnt' er nicht zu trotzen der riesigen Gefahr,
Doch fallen will er männlich als Kaiser und als Held,
Des röm'schen Scepters würdig, das einst regiert die Welt.

In wilder Lust des Sieges stürzt Uebermacht heran,
Und um den letzten Kaiser des Orients war's gethan:
Auf Leichen eine Leiche fand man nach blut'gem Streit
Den Fürsten, und es herrschte der Türke weit und breit.

So fiel der letzte Römer, der Kaiser Constantin,
So sank des neuen Romes gepries'nes Reich dahin;
Doch es erblich der Glanz nicht der Fischlein in dem Teich,
Die heute für und für noch sich tummeln goldesgleich.

Die Fischlein, die das Wunder des alten Pilgers schuf,
Verehrten rings die Lande und weithin drang ihr Ruf;
Denn, wer dem Wasser nahte, darin sie schwammen klar,
Geheilt von Krankheit ging er von dannen wunderbar.

Und niemals sind gestorben die Fischlein in dem Teich,
Sie leihen Zauberkräfte der Welle mild und weich;
Denn täglich schwebt zur Quelle vom Himmel wunderbar
Die heil'ge Muttergottes mit ihrer Engelschaar.

Es wölbt ein stilles Kloster sich ob dem Teiche jetzt.
D'rin mancher fromme Christ sich am Wunderquell ergötzt.
Balukli nennt's der Wand'rer, der hier den Trunk begehrt,
Der ihm zu langer Wallfahrt die Wunderkraft gewährt.

Den alten Pilger aber, den Constantin einst sah,
Man hat nie mehr erblicket ihn weder fern noch nah:
Doch über'm Kloster schwebet, so geht die Sag' noch heut',
Chrysostomos, der Heil'ge, des Nachts in schnee'gem Kleid.

Abdulmedschid.

Wo an dem gold'nen Horn auf ros'umblühten Plan
Sich Asien's Staunen zeigt das Schloß von Tscheragan,
Verweilt die Sonn' dem Sinken nah;
Eh' hinter Prinkipo sie schwimmt zur nächt'gen Ruh,
Senkt sie dem Bosphor noch die letzten Strahlen zu
Und küßt die Stirn des Padischah.

Da sitzt er auf dem hochgepolsterten Diwan.
Ihn preist der Diener Troß: „Heil Abdulmedschid Khan!
Heil Dir, o Sproß von Ertogrul!
Von Bassrah bis Belgrad, von Tunis bis nach Wan,
Ob Rum und Anadol, Masr und Karaman,
Dein Scepter winket aus Stambul!

„Der Kurden wilde Rott', den Drus' aus Syrerland,
Manchen Turkmannenstamm nach Kabilöi's *) Strand
Zum Heer berief Dein Herrscherwort,
Und aus Europa's Flur der Bosniaken Schaar,
Den schlanken Bergarnaut mit weh'ndem Lockenhaar,
Umfängt Daudpascha's *) Lagerort.

„Von Kampfbegierde glüh'n die Mannen, die genaht
Vom Nil, vom Donaustrand, vom sandigen Euphrat:
Araberrosse wiehern laut;
Der Krieger stolzer Muth den Scepter des Osman
Möcht' tragen durch die Welt. Schon winkt des Siegers Bahn
Die Erd' als neugeworb'ne Braut.

───────

*) Kabilöi und Daudpascha sind die beiden Marsfelder Con-
stantinopels, das eine in Asien, das andre in Europa gelegen.

„Du siegst, o großer Fürst! wie auch der Moskoff*) tobt,
Wie auch Sinope's Strand den Feuerschlund erprobt
Aus seines Admiralschiff's Bauch.
Du siegst, o großer Fürst! Dir dient der Franken Heer,
Der Angeln starke Flott' durchstreift das schwarze Meer,
Dir dienstbar nach Vasallenbrauch.

„Du siegst, o großer Fürst! der Moskoff ist so klein;
Gen der Osmanli Heer ist seine Macht nur Schein,
Ein Schemen, den die Nacht gebar;
Und sieh'! im Staub vor dir liegt Frank' und Angle da,
Sie flehen um das Glück für dich, o Padischah,
Zu kämpfen mit der Russen Schaar.

„Du schickst sie nach der Krim. Die stolze Veste fällt,
Und millionenfach verkündet Ruhm der Welt,
Was Deine Waffen dort gethan;
Denn Deine Waffen sind's, den Christenhunden hat
Des Sieges Glück verlieh'n nur die allmächt'ge Gnad'
Von Dir, o Abdulmedschid Khan!

„Du siegst, o großer Fürst! als Deine Knechte steh'n
Die Anglo-Franken da vor Deines Thrones Höh'n,
Zurück von fernem Siegeslauf:
Und Du in Deiner Gnad' gewährst dem Christenhund.
Daß Deines Mantels Saum berühren darf sein Mund,
Und reichbelohnet steht er auf."

So tönet der Päan, den ihm die Knechte weih'n.
Stumm hört der Sultan zu dem plumpen Weihrauchstreu'n,

---

*) Moskoff, Moskowiter, so nennt der Türke die Russen.

Dann seufzt er auf aus Herzens Grund:
„O Schmach für Osman's Sohn! daß Lob der Sklavenrott'
Im Ohr mir tönen muß, wie bitt'rer Feinde Spott
Auf Osman's Reich zu dieser Stund'.

„Die Fremden, die ihr Lied nennt Knechte meiner Kron',
Gebieten mehr im Land, als ich auf meinem Thron,
Sie sind die Herr'n in meinem Reich.
Zu helfen kamen sie? — braucht Hülfe Osman's Sohn?
Hoch steht im Bügel er! spricht allen Christen Hohn!
Besiegt die Giaur'n allzugleich.

Arabisch Schlachtroß fliegt, es herrscht der Yataghan,
Und millionenfach bedeckt Daudpascha's Plan
Geraubter Siegstrophäen Meng'!
Und bin ich nicht ein Mann? — Osman und Soliman,
Selim und Murad zieh'n voran mir auf der Bahn
Durch wildes Siegesschlachtgedräng'."

So schwärmt der Sultan. Sieh! jetzt greift er nach der Wehr,
Weh! dem entnervten Arm ist Osman's Speer zu schwer,
Die Rechte sinkt ohnmächtig nieder.
Zum Harem kehrt der Fürst. — Der Angle herrscht im Reich,
Des Halbmonds Sonne wird vor fränk'schem Schwertglanz bleich,
— Des Islam's Macht kehrt niemals wieder!

Die Baschi Bozuks.

Verschwinden will die Poesie
Selbst von dem gold'nen Horn,
Seit europä'sche Strategie
Zeigt ihrer Büchse Korn.

Die Franken und die Anglen zieh'n
Jetzt ein in Stambul gar,
Durch enge Gassen dringt mit Müh'n
Die regelmäß'ge Schaar.

Nachahmungswürdig find' ich nicht
Ein europäisch Heer:
Einförmig steif sein Angesicht,
Gleich wellenlosem Meer.

Es schnürt wie steife Mieder ein
Die Uniform den Mann;
Die Brust heraus, den Bauch hinein!
Kreischt ihn der Führer an.

Da steht er denn in Glied und Reih',
Maschine ohne Kopf,
Und dem prosa'schen Einerlei
Fehlt nichts mehr als der Zopf.

Die Türken selber hat bereits
Die Mode schon beleckt,
Die Steifheit europä'schen Kleid's
Des Orients Söhne deckt.

Gar lächerlich dem Türken steht
Europa's Lumpenkram:
Wie's Aeffchen, das in Kleidern geht,
Zur Flöte tänzelt zahm.

Doch eine wilde Heldenschaar
Folgt zugestutztem Troß,
Noch orientalisch ganz und gar,
Der Reiter wie das Roß.

O Baschi Bozuks! das seid Ihr,
Es glänzt der Scimitar,
Aus Euren Gürteln, als Panier.
Weht noch das Pferdehaar.

Von Euch dem Andern Keiner gleicht,
Jeder für sich ein Bild,
In seiner Weise unerreicht,
Wie's der Natur entquillt.

Seht dort den finstern Krieger steh'n,
Gelehnt an seinen Speer,
Wie Löwenmähn' den Bart ihm weh'n,
Im Winde hin und her.

Sein Aug', so trotzig, kühn und wild,
Droht Feinden Untergang.

Die Brau' zu dichten Büschen schwillt,
Hört er der Waffen Klang.

Sein Kleid an Farbe, gleich dem Blut,
Von seines Harems Frau'n
Durchstickt mit Gold; im Gürtel ruht
Ein Kranz von Löwenklau'n.

Der weiße Burnus Falten schlägt,
Auf kräft'gem Schulterpaar;
Den hohen Turban, den er trägt,
Umsäumt Kameeleshaar.

Um seinen Leib als Schärpe schlingt
Ein Shawl sich aus Kaschmir,
Dolch und Pistol im Gürtel blinkt,
Als Waffen, wie zur Zier.

Aufwieh'rt sein Roß von edlem Blut,
Von Kampfeslust durchglüht:
Sein Feueraug', das niemals ruht,
Des Muthes Funken sprüht.

Wohl wen'ge Krieger gäb' es, die
Es bändigten gewiß,
Dem Helden folgt's gehorsam, wie
Er's lenket im Gebiß.

Zur Seit' dem ernsten Männerheld,
Sieh einen Jüngling zart,
Die Lock' ihm auf die Schulter fällt
Nach griech'scher Knaben Art.

Des Gliederbaues üpp'ge Pracht
Zeigt eine Kraftgestalt.
Die bunte Turkomannentracht
In schönem Maaß umwallt.

Es leuchtet kindlich noch und mild
Die Wange glatt und fahl,
Doch aus dem Aug' schon männlich quillt
Des Muthes Feuerstrahl.

Vielleicht hat Lieb' sein Herz berührt,
Doch blüht' ihm nicht das Glück;
D'rum hat's von fern ihn hergeführt
Zu krieg'rischem Geschick.

Er sucht den Kampf in off'ner Schlacht,
Ob Tod, ob Ruhm er bringt,
Hofft etwa, daß des Ruhmes Macht
Der Theuren Herz bezwingt.

Er folgt der ältern Krieger Spur,
Doch führt er in die Welt
Begeist'rung, wie sie Jugend nur
Im Leben aufrecht hält.

Zur Seite solchem Heldenpaar
Sieh den erbleichten Greis,
Im Zephyr seines Bartes Haar
Hinflattern silberweiß.

Nicht Liebe, wie sie's Knabenherz
Mit holder Macht umschlingt,

Nicht Männertrotz, der hart wie Erz
Der Heldenbrust entspringt.

Nein! Andres ist's, was ihn bewegt,
Zum Kampfe hinzugeh'n:
Des Glaubens Banner hoch er trägt,
Den Roßschweif läßt er weh'n.

Für Minaretes Fahne weiß,
Einladend zum Gebet,
Für Islam's Glauben kämpft der Greis,
Um Russentod er fleht.

Dem Russen, der in Islam's Reich
Dem Kreuz wollt' schlagen Bahn,
Und die Moschee und Allah gleich
Verhöhnt in dummem Wahn.

Dem Russen, welcher Osman's Sohn
Aus europä'scher Flur
Wollt' treiben, ew'gen Hasses Lohn
Der alte Türke schwur.

Und mit dem Glauben kämpfet er
Für frommen Brauch zugleich,
Er kämpft für seiner Frauen Ehr',
Für alter Sitte Reich,

Für seines Harems Heiligthum,
D'raus gern in frevlem Muth
Ihm treiben möcht' sein Eigenthum
Unkeusche Giau'rbrut;

Er kämpft gen jede Neuerei,
Die jetzt sein Land beleckt,
Und mit Europa's Schwindelei
Den Orient schon befleckt.

Die neuen türk'schen Truppen sind
Ihm in den Grund verhaßt,
Und Englands Steifheit, fränk'schen Wind
Mit Grau'n sein Aug' erfaßt.

Er schwenkt des Pferdeschweifes Haar
Weg von der Linie Stand,
Doch ob der Baschi Bozuks Schaar
Hebt segnend er die Hand.

So ziehe fort, o muth'ge Schaar!
Und möge deinen Lauf
Zu stolzem Sieg durch die Gefahr
Kein Russe halten auf.

Und siegestrunken kehre dann
Zurück zu deinem Land,
Und jedem türk'schen Kriegersmann
Reiß ab modern Gewand.

Und Mahmuds schändliche Reform
Rott' aus mit Stumpf und Stiel:
Der Orient sei allein die Norm
Vom Bosphor bis zum Nil!

Dann wieder holde Zeiten seh'n
Wird kommendes Geschlecht,

Ein neues Leben aufersteh'n,
So orientalisch echt.

Dann wird, wer liebet Poesie,
Zu dir, o Orient! geh'n,
Und wieder finden Sympathie,
Wo deine Zelte steh'n.

Dann wirst du aufblüh'n königlich,
Wie vom Zephyr umschwebt,
Die Tulp' aus Betten, winterlich,
Im Frühling sich erhebt.

Egypten.

Theben.

Komm', o nächt'ger Himmelskönig,
Mond! und schwebe durch die Wüste,
Ueber Karnaks Dattelbüschel,
Ueber Luksor's Palmenfächer.

Strahle, Freund der süßen Schwermuth,
In die nachtumwölkte Landschaft,
Bade in dem heil'gen Nile
Deine reinen Ißßgluthen.

Zeuge tausendjähr'ger Reiche!
Stets noch treu der alten Stätte,
Ob auch Thebens Glanz gewichen,
Ob auch Karnaks Sonne hinschwand.

Trümmerhaufen, Säulenhaine,
Mächt'ger Obelisken Schäfte,
Steingehau'ne Riesenbilder,
Die am Saum der Wüste aufrecht

Thronen mit erhab'nem Antliß,
Ammonstempel kunstverherrlicht,
Königsgräber, Pyramiden,
Alle küßt mit gleicher Liebe

Deiner Strahlen keuscher Mund.
Schwebt vorüber, heil'ge Gluthen!
An der größten Menschen Werken,
Welche nun in Trümmern liegen.

Trümmer, herrlich zwar! — noch aufrecht
Steh'n viel tausend Lotossäulen,
Ragen auf gigant'sche Wände,
Uebersä't von Schlachtgemälden.

Trümmer dennoch! — denn der Säulen
Brachen mehr, als jetzt noch stehen,
Und in halbverlosch'nen Farben
Dämmern nur der Tempel Bilder.

Schwebt vorüber, heil'ge Gluthen!
Ruht auf den gefeiten Wassern,
Die aus ew'gen Räthsels Quellen
Sich durch Thebens Eb'ne winden.

Thebens Thal! der Fluthen Schöpfung
Ist's: soweit im Herbst die Welle
Reichte, prangt nun grün der Teppich
Flußgeborener Gefilde.

Millionen Palmen ragen
Aus der Grüne auf zum Aether,
Leis' umlispeln ihre Wurzeln
Lotosblumen kunstbegeisternd;

Dattelpalmen mit den schlanken
Straußenfederart'gen Zweigen,
Fächerpalmen bergen rothe
Aepfel unter Baldachinen;

Rings um's grüne Nilgefilde
Lagern sich zwei dunkle Wüsten,
Schlammerbaute Dörfer ruhen
An der grünen Eb'ne Grenze.

Warme Abendlüfte fächeln
In des Jahres kält'stem Monde,
Eines fernentspross'nen Pilgers
Stirne, der von der Terrasse

Auf der Burg zu Abd-el-Kurneh
Träumend läßt die Blicke schweifen
Ueber's grünbesä'te Nilthal
Zum arabischen Gebirg' hin.

Seines Geist's Erinn'rungsträume
Lispeln ihm, daß schon er einmal
Schaut' ein Thal, dem Theben's ähnlich. —
Ja, das ist's, die mächt'ge Weltstadt,

Deren Götter vor zweitausend
Jahren herrschten ob dem Erdkreis,
Ist mit Theben engverschwistert,
Das auch einst die Welt beherrschte.

Sind die Fluren ewig grünend,
Die an Libyens Wüstenfelsen
Sanft sich schmiegen und hinüber
Blüthenreichen Teppich dehnen

Bis zum rothen Meergebirge?
Sind sie nicht dem Rosenfinger
Der allschaffenden Natur
Noch ein andermal gelungen?

Dort, wo golden sich die Tiber
Malt auf der Campagna Eb'ne,
Zwischen den Sabinerbergen,
Und den ew'gen sieben Hügeln?

Schuf der Gott der finstern Reiche
Aus des Erdkerns glüh'nden Massen
Zwei Mal nicht die Hügelkronen,
Nicht dieselben Bergeswellen?

Und strömt durch die beiden Städte
Sanft verharrend in dem Laufe,
Voll Bewund'rung leiser wallend,
Nicht ein gleichberühmter Strom?

Jene zarten Nebeldüfte,
Veilchenblau im Frühroth schimmernd,
Die der Berge Wall' umbrüsten,
Sind sie nicht verwandten Ursprungs?

Doch verflieget, Nebeldüfte!
Komm', o hehres, nieversiegtes
Gold der Sonne! Strahlt Demanten
An dem Hals der Himmelsfürstin.

Himmelsdiamantenstrahlen!
Sprecht, die tausend Regenbogen,
D'rin sich eure Strahlen brechen,
Habt ihr einmal nur gemalt sie?

Aethergold, zerstreu' die Nebel,
Die das ernste Haupt umhüllen
Jener römisch, altegyptisch,
Ewig räthselvollen Sphinx!

Jener Sphinx, der Weltgeschichte:
Mit den räthselvollen Zügen
Ruht sie ob beherrschten Fluren,
Löwenleib errang den Sieg ihr.

Königlich, geheimnißvoll, so
Thront am Nil sie seit viertausend,
Seit zweitausend Jahren an der
Tiber säulumragten Strand.

Vom Bananengarten Indiens,
Bis zum eis'gen Land der Scythen,
Von den Palmenhainen Babels,
Bis zu Libyens fernsten Wüsten,

Tiefhinein in's Land der Neger,
Wo Ipsambul's Säulen ragen,
Wo im Nil sich spiegeln tausend
Pyramiden Meroës;

Dorthin, wo aus ew'gen Räthseln
Quillt die heil'ge Nileswelle,
Reichte das demant'ne Scepter
Königs Ramses' Miamun.

König Ramses Miamun,
Ammon Ra's geliebter Schützling.
Den Medinet *) Habu's Tempel
Zeigt, wie er mit stolzer Ferse

Inder, Scythen und Assyrer,
Parther, Lydier und Jonier,
Sammt den dunklen Söhnen Sudan's,
In den Staub als Sklaven tritt.

Damals strahlten Thebens Burgen
In des Sieges ros'gem Glanze.
Jubelhymnen stimmten Dichter
Aus der Saiten gold'nem Rauschen.

---

*) Medinet Habu, ein Theil des alten Theben.

An des Niles lotosblum'gen
Strande saßen tausend Weise,
Was sie lehrten gottbegeistert,
Schrieb mit seinem ehr'nen Griffel

In's Granitgestein der Meißler,
Und der Bildner fügt die Steine
Auf zu Tempeln, Hallen, Säulen,
Und der Maler lauschte emsig.

Was enttönt' des Sängers Saiten,
Malt's in Bildern, nieverloschnen,
Dann auf hochgebaute Wände,
Daß sie künft'ge Völker lehren.

Damals! — schwermuthsvolles Damals! —
Es verlief der Völker Strömung, —
Jetzo schaut sein Theben Ramses,
Nur bewohnt von bettelhaften

Armen Fellah's, die verkrüppelt
Gleich an Leib' und Seele sind,
Seine Tempel überlaufen
Von prosaisch plumpen Briten.

Weinen möcht' Egyptens König,
Wären Thränen, Weiberthränen,
Nicht unwürdig jenes hohen
Felsentsproß'nen Königsbildes.

Felsentsproß'nes Königsbild!
Mit dem ernst granit'nen Antlitz
Blickt es weit nach nord'scher Küste,
Zu erspäh'n ein neues Theben!

Doch im Staub auch liegen Roma's
Eh'rne Capitolsgestalten,
Hier und da blieb ein Theater
Und ein schlankumsäulter Tempel.

Schlankumsäulter Vestatempel
Ragt am Tiberufer einsam,
Doch sein Feuer ist verloschen,
Roma's Macht verlosch in Feuer.

Rom und Theben, engverschwistert!
Weltenscepter schwangt ihr beide,
Doch es sank aus Beider Händen
In den Nil- und Tiberschlamm.

Rom und Theben, engverschwistert,
Selbst im Fall noch! denn es blühte
Ob dem Riesenschutte Beider
Eine myst'sche Feuerrose.

Myst'scher Feuerrose Strahlen
Tagten wie ein geistig Frühroth
In dem Busen zweier Herrscher,
Die das Seelenscepter schwangen.

Als ein solcher geist'ger Herrscher
Kam zum Nilesstrand ein armer
Siedler, der in Libyens Höhlen
Seinen Thron von Moos erbaute;

Und es sammelten sich Schaaren
Um des Alten här'ne Kutte;
Treu're Unterthanen hatte
Wohl noch kein geliebt'rer Fürst.

Treue Unterthanen, lauschten
Sie den Winken ihres Herrschers:
Denn die Rede floß nur sparsam
Aus dem vielkasteiten Munde.

Lauschten eifrig und die Lehre,
Die der Hundertjähr'ge beute,
Trugen sie nach allen Winden,
Schufen ihm endlosen Anhang;

Bis es gab in allen Ländern
Solche, die dem Alten folgten,
Und als treue Unterthanen
Einsamkeit, Entsagung übten.

Und es wuchs zu mächt'gen Haufen
Jene kleine Schaar von Treuen,
Einsamkeit nun Alle suchten,
Bis die Oede volkreich wurde.

Bis in Libyens dunklen Höhlen,
In arab'schen Wüsteneien,
In den Königsgräbern Thebens,
Und in Luksor's Katakomben

Tausende von Siedlern hausten,
Geisteshelden, leibkasteiend,
Mächt'ge Himmelsburgenstürmer,
In Gebet und Arbeit ringend.

Doch der blinde Greis vernahm es,
Daß die Oede volkreich worden,
Daß sich Schaaren über Schaaren
Drängten in die Einsamkeiten;

Und ein neu' Gebot ertönen
Ließ sein vielkasteiter Mund nun:
„Eilet, Einsamkeit zu üben
Mitten in der Menschen Schaaren!"

Sieh! der Engel Stimmen trugen
Seine Lehre in die Welten,
Daß in allen Erdenreichen
Viele Einsamkeit nun übten.

Uebten lang' sie, bis die Burgen,
Die der Einsamkeit geweihet,
Stürzten; jetzo üben's Viele
Mitten in dem Weltgetümmel.

Da, wo jetzt in irb'schen Thalen
Eine Seele einsam wandelt
Stillverschlossen, brünstig betend,
Weltentfremdet, nur durch Wohlthun

Mit den Menschen noch verkehret,
Und, im Geist im Himmel lebend,
Liebestrahlet durch die Welten;
Solche Seele dient dem Alten.

Längst verstorben ist Antonius!
Seine Gruft ein ew'ges Räthsel.
Doch ein andres Geistesreich sah
Noch ersteh'n sein Lebensabend:

Mächtig Reich von Geistesfürsten!
Denen Erdenkön'ge dienten,
Deren heil'ges Krönungssalböl
War das Blut der Gotteszeugen.

Deren Boten barfuß gingen
Und mit Kronen wiederkehrten,
Tausend Erdendiademe
Legten zu St. Peters Füßen.

Doch auch dieses Reich! gebrochen
Liegt's, wie jene Memnonssäule,
Die des Gottes Blitz getroffen,
An dem Strand von Abd-el-Kurneh.

Rom und Theben, engverschwistert,
Selbst im Fall! die myst'sche Rose
Welche eure Trümmer schmückte,
Sie will welk herniedernicken.

Sie will welk herniedernicken!
Doch im Falle noch enthüllet
Sie des Abendrothes Strahlen,
Kündend sonniges Erwachen.

Seid getrost, ihr Geistesreiche!
Gleich dem Phönix, der nach hundert
Luftern jung aus Flammen aufsteht,
Also seid auch ihr unsterblich.

Rom und Theben, engverschwistert,
Lebt ihr ewig in den Herzen
Derer, die aus Erdentrümmern
Nach des Himmels Burgen streben!

Die Sterne Theben's.

Ein Dichter ging am Nilesstrand,
Gedankenvoll in sich gewandt,
Umrauscht vom Glanz der Sterne.
Die, himmlisch leuchtend, ohne Zahl,
Herniedersandten sanften Strahl
Aus räthselvoller Ferne.

Wie ferne bliebt ihr dem Verstand,
Die Züge einer ew'gen Hand,
Ihr Himmelshieroglyphen!
Wohl forschte manchen Sehers Rohr,
Doch eure Spur er bald verlor
In Weltenabgrundstiefen.

Woher ihr stammt? wohin ihr geht?
Kein Weltenforscher hat's erspäht,
Geheimniß unverstanden!
Ob einer ew'gen Sonn' entwallt?
Ob ihr aus Nebeln euch geballt
Zu gluthgeschweißten Banden?

Ob in dem lüftelosen Reich
Ihr schwebtet, lichten Wolken gleich,
Vor Millionen Jahren?
War wohl das blum'ge Himmelsbeet,
Dereinst ein Schneefeld, übersä't
Von weißen Flockenschaaren?

Noch schaut am nächt'gen Firmament
Das Auge Nebel unzertrennt;
Sind's junge Sternensöhne?
Sind's Weltenkeime. unverzweigt?
Der Weise senkt sein Haupt und schweigt
Vor der harmon'schen Schöne.

Wie gießt ihr nieder, ernst und klar,
Zur Erd' die Strahlen wunderbar,
Millionenfache Sonnen!
Der trock'ne Forscher selber preist
Ihr Licht, allein den Dichter reißt
Es fort zu sel'gen Wonnen.

Er blickt hinan zum Himmelszelt,
Da dünkt ihm, daß die ew'ge Welt
Aus ihren Sphären steige.
Und sich in mächt'gem Feuertrieb,
Denn Licht ist ja das Bild der Lieb',
Zu ihm herniederneige.

Die Seele wallet himmelwärts,
Und an sein liebepochend Herz
Das Weltall möcht' er drücken,
Sein Priester muß der Dichter sein,
Im Sphärenkuß dem All' sich weih'n
Zu ewigem Entzücken.

Als Opfer bringt der Priester dar
Ein gottentstammtes Taubenpaar,
Sie heißen Lied und Liebe;
Hell lodert Liebe himmelwärts,
Das Lied entrollt das Dichterherz
Aus glühend inn'rem Triebe.

Und was der Sängerbrust erklingt,
In Tönenleitern auf sich schwingt
Zum gold'nen Sternenheere;
In Tönen wallt Gefühl so rein;
Das Wort ist matter Wiederschein,
Mißton im Klangesmeere.

Und wie er sendet lichten Ton
Auf zum azurnen Weltenthron,
Da dünkt ihm, Antwort schalle:
Von Sternen hin zu Sternen zieh'n
Lichtwellgetrag'ne Melodie'n
In sanft harmon'schem Falle.

Der Aetherwogen Harmonie'n,
Geheimnißvolle Melodie'n,
Von Wen'gen nur vernommen:
Zwar unerforschbar dem Verstand,
Doch Dichterherzen wohl bekannt,
Dem Glauben unbenommen!

Oft schon im fernen nord'schen Reich
Des Sängers Ohr vernahm es euch
Aus mitternächt'ger Stille;
Sein Trost war euer sanft Getön',
An Eurem Glanz sich froh zu seh'n,
War seiner Sehnsucht Fülle.

Wie oft vom eis'gen Meeresstrand
Blickt er hinauf zum sel'gen Land,
Zu euch, Ihr Sternenchöre!
Dann fülle leuchtend ohne Zahl
Ihm der millionenfache Strahl
Des Busens ew'ge Leere.

Doch leider kamen Nächte vor,
Da sich ein schwarzer Wolkenflor
Um eure Leiber hüllte;
Dann weinend stand der Dichter da,
Sein Aufblick nur den Nebel sah,
Der ganz den Aether füllte.

Doch hier, vom finstern Nord getrennt,
Am Strand, der keine Wolke kennt,
Dem Nebel fremd und Regen,
Wallt unter blauer Kuppel sacht
Der Sternenpriester: Jede Nacht
Bringt ihm den gold'nen Segen.

Ihr Kinder aus dem gold'nen Reich!
Euch liebt der Dichter alle gleich,
Ob fern, ob nah ihr glühet!
Gebannt bleibt seiner Wimper Weh'n
Vor jener Körper Leuchten steh'n,
Das hell'ste Funken sprühet.

Die ihr auf dunkelblauem Plan,
Nachfolgend unsrer Sonne Bahn,
Der Erd' am nächsten wallet,
Seid ihr die Posten, ausgestellt,
Bedecken einer bessern Welt,
Da niemals Klag' erschallet?

Kundschafter einem Gottesheer,
Das nieder, aus dem gold'nen Meer,
Euch sandte, zu erspähen,
Ob Erdensöhne würdig sei'n,
Zu athmen in dem Allverein,
Das, was ihr schaut, zu sehen?

Bist, ries'ger Himmelswagen! Du
Ein Träger zu der ew'gen Ruh',
Ersehnt von Seelentrieben?
Wie liebt der Dichter dich so sehr,
Nordpolumkreiser, großer Bär!
Und deiner Funken sieben.

Bildniß der Allbeharrlichkeit,
Polarstern! der zur Ewigkeit
Uns treu'ste Pfänder leihet,
Senkst du dein Silberlicht herab,
Dann schmückt sich unsrer Theu'ren Grab,
Vom Hoffnungslicht geweihet.

Der Gottesburgen Wächterhund!
Wie macht dein Auge scharf sich kund,
Vom hellsten Glanz durchlichtet:
Dir nah der Held, den Gott erkor,
Orion, an dem Himmelsthor,
Als Cherub aufgerichtet.

Sieh' dort ein holdes Zwillingspaar,
Umkreist vom sonnentspross'nen Aar,
Und David's heil'ge Leier!
Und d'rüber führt, gleich lichtem Kahn,
Des Nordens Kreuz, der weiße Schwan,
Die Schaar zur nächt'gen Feier.

O Thebens zwiefach sel'ger Strand!
Wo Nord und Süd in heil'gem Band
Vor unserm Blick sich paaren,
Du einst mit Nordpols Sternenglanz
Der Tropenzone Funkentanz,
Im Kranz der Himmelsschaaren.

Sei mir gegrüßt, Canopus, du!
Der aus der Aethers ew'ger Ruh
Den Blick hernniederneiget.
O wie ergreift mich wunderbar
Dein Licht vor andern Lichtern klar,
Vom Norden unerreichet!

Doch sieh' am tiefsten Horizont,
Von Purpurgluthen mild umsonnt,
Ein neu Gestirn sich malen;
O selig Aug', das dich geseh'n,
Geheiligt Kreuz! am Himmel steh'n,
Die Tropennacht durchstrahlen.

Ein Trosteszeichen in die Welt,
Winkst du herab vom Himmelszelt,
Verheiß'st uns schön're Auen!
Der Liebe, die in dir erblickt
Das Zeichen, das die Welt beglückt,
Ein ewig Gotterschauen!

Und, wenn zunächst dem ew'gen Thron'
Auf seiner Bahn ein Himmelssohn
Herwallt vor andern Sternen,
Du bist's gewiß, o Kreuzgestalt!
Die Flammen himmlischer Gewalt
Ausstrahlt in ird'sche Fernen.

Sieh' froh dich an dem Gottesquell,
Und send' aus heil'ger Lichteswell'
Zu uns des Trostes Fluthen,
Saug' ein der Liebe Strahlenmeer,
Streu's auf der Erde rings umher,
Entzünde Himmelsgluthen!

Und gieb', daß in dem Herzensschacht,
Von deinen Flammen angefacht,
Ein göttlich Kreuz sich male;
Auf daß mit lichter Himmelslust
Aus jeder staubumhüllten Brust
Durch alle Welt es strahle.

Ihr Lichter an dem Himmelssaal,
Seid Leiter uns aus ird'scher Qual
Zu gottentflammter Ferne;
So mög' des Dichters Harfenklang
Mit dankbegeistertem Gesang
Stets preisen euch, ihr Sterne!

Ihr Sterne Thebens! Dank sei euch,
Die zweier Himmelszonen Reich
Aufrollten meinen Blicken!
Zu wandeln sacht am Nilesstrand,
Den Schwärmerblick zu euch gewandt,
Welch' himmlisches Entzücken!

———

Die Almeh des Niles.

Das Ruder wankt,
Die Barke schwankt
Hin ob des Niles Wogen,
Des Schiffers Sang
Tönt stromentlang,
Vom Ufer eingesogen.

Die Menge wallt,
Ihr Singen schallt
Am glanzbelebten Strande;
Die Fackel glüht,
Das Land erblüht
In strahlendem Gewande.

Der Gondel Tanz,
Vom lichten Glanz
Umrahmet wie mit Golde;
Durchfliegt die Bahn,
Beschwingter Kahn,
Er trägt die Bürde holde.

Auf weichem Pfühl,
Gelehnt zum Kiel,
Die Almeh ruhet sinnig.
Vom Abendwind
Umfächelt lind,
Ihr Antlitz strahlet minnig.

Die Zaubermacht
Der Formenpracht
Enthüllt dem Blick sich zeiget,
Wie in den Fluß,
Zu feuchtem Kuß,
Gebückt die Hand sie neiget.

O dunkles Blau
Der Himmelsau,
Egyptens Flur beschattend!
O Südnatur,
Stets grüne Flur,
In Blüthen nie ermattend!

Schönheit gedeiht
Zur Wirklichkeit
Auf deinem Lenzgefilde,
Nur du allein
Durft'st Mutter sein
Solch himmlischem Gebilde.

Von Pallas Land
Zum Nilesstrand,
Den Herrscherstab zu wiegen,
Kam sie, die hehr
Dem Schaumesmeer
Als Göttin war entstiegen.

Es kennt ihr Reich,
Ihr Joch so weich,
Nur einer Satzung Normen;
Der Augen Glanz,
Der Locken Kranz,
Das Ebenmaaß der Formen.

Wo sie gebeut,
Der Lieblichkeit
Gesetze wonnig schalten.
Wer sie erfüllt,
Dem ist gewillt
In Huld der Herrin Walten.

Nie sah sie noch
Dem sanften Joch
Ein Wesen treu ergeben,
Wie Thebens Kind,
Das säuselnd lind
Die Nileswellen heben.

Es malt der Süd
Wie flammerglüht
Den Himmel, bunt die Erde;
Dem Mägdlein bang'
Auf zarter Wang'
Ruft er der Schönheit Werde!

Der Locke Nacht
In üpp'ger Pracht
Sinkt auf des Busens Fülle,
Des Auges Stern
Durchleuchtet fern
Der Abendnebel Hülle.

Die Wang' ist fahl,
Versengt vom Strahl
Der tropisch glüh'nden Sonne;
Nicht Rose blüht,
Nein, Flamm' umglüht
Das Haupt voll myst'scher Wonne.

Voll Innigkeit
Die braune Maid
Küßt mattes Mondgeflimmer,
Als wollte bang'
Die dunkle Wang'
Hellbleichen weißer Schimmer.

Vergeblich Müh'n!
Das dunkle Glüh'n,
Nicht bleichen matte Strahlen,
Fortwallend hebt
Die Brust sich, bebt
In südentbrannten Qualen.

Des Nordens Sohn
Von ferne schon
Gefolgt war er ihr lange,
Dem neue Lust
Durchtost die Brust
Mit wildem, fremdem Drange.

Die Almeh singt,
Ihr Ton durchdringt
Das Herz entzücktem Lauscher,
Wie Zaubersang
Wird jeder Klang
Der Seele zum Berauscher.

Sie singt vom Schnee
Auf Japan's Höh',
Die Sonn' macht ihn zerfließen;
O sieh'! mein Herz,
Und wär's wie Erz,
Müßt' schmelzend sich ergießen.

O Woge schwank!
O Barke schlank!
Laßt euch im Zephyr gehen,
Führt sie zum Sand,
Am Uferrand,
Wo meine Zelte stehen.

Die Almeh naht!
Auf feuchtem Pfad
Im Strahl der Isisgluthen,
Sieh'! schon erreicht
Sie 's Land, entsteigt
Den keuschen Nilesfluthen.

O komm' zu mir!
Des Zeltes Thür
Führt ein dich in die Räume,
Wo Liebe wacht
Und stille Nacht
Möcht' wiegen süße Träume.

Schleuß' zu das Zelt!
Entflieh' der Welt,
Laß mich in deinen Armen!
Laß meine Brust,
So schmerzbewußt,
Zur Lieb' auf's Neu' erwarmen.

Wüsteinsamkeit.

Kennst du das schaurige Gefühl,
Zu wandeln einsam durch's Gewühl,
Wo keine Hand die deine drückt,
Kein Freundesgruß dein Aug' entzückt,
Und Niemand, Niemand, der dich liebt,
Auf deine Fragen Antwort giebt?
Gingst lange Tage, ohne Ruh',
Einsam durch große Städte du.
Ein millionenzählig Heer
Von Menschen wogend um dich her,
Das, rief'gem Bienenschwarme gleich,
Hinströmte, nur an Selbstsucht reich;
Und suchtest du 's Gewog' entlang
Ein Antlitz in dem Volkesdrang.
Das zu dir sprach von Sympathie,
Und fand'st es nie, und fand'st es nie? —
Dann weißt du, was es heißt, allein,
Einsam im Menschenschwarm zu sein.
Erfüllte je Gefühles Macht
Dein Herz, wenn zu des Himmels Pracht,
Zum Aethergold dein Blick sich stahl,
Empor aus dieser Menschenqual,
Bestürmt der Himmelsbilder Heer
Die Brust mit ihrem Glanzesmeer,

Wollt' dann von Eindrücken dein Herz
Erfüllet, strömen außenwärts
Deines Gemüthes Krafterguß.
In sel'ger Mittheilung Genuß.
Und spähtest du im wirren Schwarm
Nach einer Seele ohne Harm,
Mit der in traulichem Gespräch
Die Stunden deinem Pilgerweg
Hinschwänden, ohn' zu wissen, wie;
Und fand'st sie nie, und fand'st sie nie, —
Dann weißt du, was es heißt, allein
Einsam im Menschenschwarm zu sein.
Dann fühltest du die mächt'ge Qual,
Einsam in der Millionenzahl!
Den Fluch, den man das Fremdsein nennt,
Dann deiner Seele Pein auch kennt.
Denn Fremdsein gilt dem Aussatz gleich,
Den Menschen all' von Reich zu Reich:
Ja ein Verbrecher eher findet
Ein Herz, d'rin seine Seele mündet,
Als daß zum Fremdling in der Welt
Sich ein Gefährte treu gesellt.
O! dieses Wermuthbechers Pein,
Auch ich hab' sie geschlürft allein;
Die große Stadt schien mir ein Grab,
Wenn lange Gassen auf und ab
Ich trauernd ging; der Menschen Sturm
Ein tausendfacher Grabeswurm,
Der meines Sarges Deckel biß,
Das Herz im Leibe mir zerriß.
Ob Mensch, ob Wurm, der Seelenqual
War zwischen beiden gleich die Wahl,

Denn wie Gewürm' war um mich 'rum
Für mein Gefühl die Menschheit stumm.
D'rum segn' ich dich, o Augenblick,
Da das Gewühl ich ließ zurück,
Von Menschgewoges dumpfer Pein
Floh in die stillen Wüstenei'n:
Auch hier bin ich allein, jedoch
Es lastet nicht das schwere Joch
Der Einsamkeit auf meiner Brust,
Die sich des Friedens wird bewußt.
Denn hier, unweit dem Nilesstrand,
Wo sich Arabiens Wüstensand
Zur Rechten endlos weit erstreckt,
Links Libyen zum Gebirg' sich reckt,
Ist die Natur Gefährte mir,
Und Einsamkeit nicht fühl' ich hier:
Ein hehres Schweigen füllt das All,
Und nur der Woge ferner Schall,
Der Menschenstimme Tönen nicht
Die heil'ge Stille unterbricht.
Da lieg' ich auf dem grauen Plan,
Seh', wie der Sonne Himmelskahn
Hinsegelt durch das Aethermeer;
Und ist die Wüste menschenleer,
Einsam doch fühl' ich mich nicht so,
Wie unter'm Schwarm, dem ich entfloh.
Nein, schon fang' ich's zu ahnen an,
Daß ich Gefährten hier gewann,
Gefährten ohne Worte zwar,
Doch bringt die Luft mir wunderbar
Nach meines Wüstensitzes Ruh'
Ihr heimlich trautes Flüstern zu.

Du schlanker Fächerpalme Zier,
Vor andern ruht mein Blick auf dir,
Wie du aus dieser Lede Nacht
Hervorragst mit Oasenpracht:
Voll Baldachinen bietest du
Dem Pilger schatt'gen Sitzes Ruh',
Der unter dir läßt gern sich nieder,
Lauscht auf der Aeolsharfe Lieder,
Die lieblich säuseln aus den Palmen,
Die Wüste lehren ew'ge Psalmen.
Ihr Palmen alle — ist mir recht —
Seid von geschiedenem Geschlecht,
Und doch stehst einsam du, o Baum,
Am dunkelgrauen Wüstensaum:
Bist du vielleicht, o Pflanze zart,
Ein Weib? und sehnst nach Frauenart
Dich nach dem unbekannten Mann,
O nimm' den Pilger dafür an:
Er ist kein stürmischwilder Freier,
Sanft ist sein Sinn, wie jene Leier,
Die deiner Aeste holdem Kranz
Ertönen läßt des Zephyrs Tanz.
Doch nein! die Menschen brauchst du nicht,
Da dir's an Freiern nicht gebricht.
Der Pilger hat zu viel gewagt,
Wenn er von Liebe was gesagt,
Denn längst schon trafst du deine Wahl:
In deiner Zweige grünem Saal,
Girrend verliebte Melodei'n,
Fand sich die Turteltaube ein.
Sie hält ihr Köpfchen dir an's Ohr,
D'raus dringt so süßer Klang hervor,

Ihr Lied nennt dich der Wüste Gül.
Und sich den liebenden Bülbül:
O seid im traulichen Verein
Willkommen dem, der ruht allein!
Darf Liebe nicht sein Herz bezwingen,
So kann doch Freundschaft es beschwingen,
Und Trost ist's seiner Seelenpein,
In Eurem Bund das Drei zu sein.
O Wüstenfreuden! unbekannt
Dem flitterhaften Menschentand,
Wie Lotosblumen keimt ihr weich
Auf stillem, ungetrübtem Teich,
Und dieser Wasser sanftem Meer
Entsteigt ein reich' Gedankenheer.
Ein Traum aus eurer Wog' entwallt
Von Sagen, ewig jung und alt,
Von mächt'gen Städten, die der Sand
Getragen einst am Nilesstrand,
Von Tempeln, Schlössern, luft'gen Thronen,
Von goldbesä'ten Pharaonen,
Vom heil'gen Ibis, von den Göttern,
Von Ammon Ra's durchblitzten Wettern,
Von Hathors Paradiesesschöne,
Vom mächt'gen Strauß der Göttersöhne,
Von jener Trias, mystisch tief,
Die Welten einst in's Dasein rief:
Gott Ammon Ra, die Mutter Muth
Und Khons, erzeugt von beider Blut:
Der Jünglingsgott, dem Menschen gleich,
Himmlischer König ird'schem Reich.
Mir deucht', ich seh' ihn aufersteh'n,
Hervor aus Nilesschäumen geh'n,

Dem Sohn der Maja gleich an Schöne,
Wie ihn uns malten Hellas' Söhne:
Des Marmorleibes weiße Pracht,
Von Jugendfrische angefacht,
So wallt' der junge Gott hervor
Aus seiner Nilnajaden Chor,
Die Lotosblume in der Hand,
Geht er entlang dem Nilessand.
Ihm folgt der Jungfrau'n holde Schaar,
Mit dunklem Leib und schwarzem Haar.
Der Feuersonn' Egyptens Töchter,
Entflammend irdische Geschlechter.
Es tönt berauschender Päan
Aus ihren Kehlen himmelan,
Und den Gesang begleiten sie
Mit Instrumenten, die noch nie
Mein staunend Auge hat geschaut,
Wenn nicht auf Bildern altergraut
In Königsgräbern, die versteckt
Medinet Habu's Hügel deckt.
Und ostwärts von dem heil'gen Nil
Hinschebt die Schaar beim Lautenspiel.
Der Gott und seine Jungfrau'n wallen
Dorthin, wo Karnaks ries'ge Hallen
Aus dem arab'schen Wüstensand
Wohl hundertfache Tempelwand
Und tausendfältig Säulenheer
Erheben zu der Götter Ehr'.
Der Sphinxe lichte Marmormasse
Zum Tempel bildet stolze Gasse:
Vorn riesig, und doch lieblich Weib
Und unten mächt'ger Löwenleib,

So ruhen fünfzig der Kolosse
Auf jeder Seit' der heil'gen Gosse,
Die zu des Tempels Säulenwalt
Bacchantisch wild der Schwarm durchwallt.
Sie schweben ob der Schwelle Saum
Hin durch des Tempelschiffes Raum,
Des Heiligthums geheimster Schrein
Schließt die geweihten Schaaren ein.
Dort hinter heil'gem Opferherd,
Dem Blick der Sterblichen verwehrt,
Einmal des Jahres nur betreten
Vom Hohenpriester, hier zu beten.
Entrückt der Sonne gold'ner Gluth,
Ruht eines Sees stille Fluth.
Klein ist der See, nur e i n e Quelle
Versieht ihn mit der salz'gen Welle,
Denn bitter, wie der Wüste See'n,
Ist er, den Tempel rings umsteh'n;
Und keinen Abfluß er gebraucht,
Sein Wasser ätherwärts verraucht.
Dort hält der Gott am heil'gen Strand,
Und sieh'! wie an magnet'schem Band
Zieht seine Gegenwart daher
Die schönste Barke über's Meer.
Klein ist das Schifflein, denn es faßt
Sein Raum nur zweier Körper Last.
Doch wunderbar ist's anzuschau'n:
Mit Silberrudern, gold'nen Tau'n,
Der Schiffbauch demantüberglast,
Wie's noch kein Thron sich angemaßt;
Rubine seinen Saum bekränzen,
Statt Nägeln matt Opale glänzen,

Smaragde's und Saphires Strahlen
Im Kahnesboden bunt sich malen,
Und zwei Turkosen, riesengroß,
Statt Bänken dienen, fleckenlos.
Dort hemmt der schöne Gott den Lauf,
Stellt seine Schaar am Ufer auf:
Die Jungfrau'n, deren blüh'nde Schöne
Der Liebe werth der Göttersöhne.
Es forschen seine Kennermienen,
Wer wohl am werth'sten sei von ihnen,
Zu treten in das Boot allein
Mit ihm, und seine Braut zu sein.
Die Jungfrau'n vor Begierde glühen,
Der Wangen Rosen stärker blühen,
Des Auges Strahl in kühnem Ringen
Möcht' um den Gott die Fesseln schlingen.
Bald schmachtend fleht, bald herrscht ihr Blick,
Jedwede hofft der Liebe Glück,
Und Jede glaubt, ihn zu gewinnen
Zur übervollen Lust der Sinnen.
Nur eine Einz'ge ist's, die sacht
Zum Boden senkt das Auge schmacht;
So schüchtern zart ist die Gestalt,
Und doch voll solcher Lieb'sgewalt,
Daß sie des Gottes Allbegierde
Erweckt mit ihres Leibes Zierde.
Und wie sie noch die Wimper senkt,
Der Gott auf sie die Schritte lenkt,
Faßt die Erwählte an der Hand,
Und führt sie zu des Seees Strand.
Das Schifflein nimmt die Beiden auf,
Lenkt mitten in den See den Lauf.

Die Nymphe hält der Gott umfaßt.
Doch scheint sie widerspenstig fast,
Als wollte gern sie nicht ergeben
Ihm ihrer Unschuld junges Leben.
Voll Neubegier am Ufer steh'n
Die Mädchen, nach der Barke seh'n,
Als möchten wohl sie Zeugen sein,
Was Beide in dem Schiff allein,
Von Feuertrieben ganz bezwungen,
Beginnen, Arm in Arm geschlungen.
Doch sieh'! der Neubegier zum Spott
Läßt steigen aus dem See der Gott
Der Nebel undurchdringlich Heer,
Sich lagern ob dem kleinen Meer.
Von Dunkelheiten, undurchdrungen,
Wird nun das heil'ge Schiff umschlungen.
Die Jungfrau'n an des Sees Strand
Sich lagern in des Ufers Sand,
Späh'n nach der Stelle, wo verschwand
Der Kahn, den lenkt des Gottes Hand.
Aus ihren Kehlen dringt hervor
Wechselgesangs zwiefacher Chor,
Den Gott erhebt der Einen Laut,
Die Andern preisen seine Braut,
Die mitten auf der salz'gen Flut
In ihres Gottes Armen ruht.
Doch plötzlich ihre Stimme schweigt,
Denn aus den dichten Nebeln steigt,
Sich windend aus dem Dunst hervor,
Licht eine Feuersäul' empor.
Jetzt bei des myst'schen Scheines Strahlen
Seh'n sie den See sich heller malen,

Den Kahn sie deutlich unterscheiden,
Doch späh'n umsonst sie nach den Beiden,
Die kurz zuvor von Sees Saum
Gestiegen in des Schiffes Raum.
Die heil'ge Barke einsam ruht,
Nur steiget feuerrothe Gluth
Aus ihrer Höhlung himmelwärts.
Den Jungfrau'n wird so weh um's Herz.
Und wie sie sinnen noch, was ward
Aus jenen, die sie jüngst gepaart
Erst sah'n, da tritt heraus zu ihnen
Ein Priester mit erhab'nen Mienen:
„Zum Aether aufwärts seht, dort wiegt
Der Gott sich, der gen Himmel fliegt.
Und jene Jungfrau, die beglückt
Mit seiner Liebe er entzückt,
Seht ihre Hülle, gottentstammt,
In Feuerwellen aufgeflammt!
Lang' lebt, wer buhlt um Erdensöhne,
Doch wen der Götter ew'ge Schöne
Mit Lieb' umfing, im Augenblick
Fühlt er millionenfaches Glück;
Und lebt' er tausend Menschenleben,
Nie könnt' ihn gleiche Lust durchbeben;
D'rum Gnade, die von Göttern stammt,
Ist's, daß ihr Körper aufgeflammt.“
Der Priester spricht's, die Nymphen ehren
Sein Wort und zu dem Nil sie kehren.
Die Bilder schwinden, welche Sagen
Aus schönen, altegypt'schen Tagen
Vorbeigeführt der Phantasie.
Doch fühl' ich einsam hier mich nie,

Denn kaum ein Sagenkreis verschwand,
So naht im blumigen Gewand
Ein and'rer, der mit buntem Bild
Die Seele wonn'berauscht umhüllt,
Und fesselt, bis im Nebelkleid
Zuletzt die Nacht der Ruh' mich weiht.
O schöne sternerfüllte Nacht!
Die mit unwandelbarer Pracht,
Mit gold'nen Funken überstreut,
Sie meinem Blick sich täglich beut.
Hier kennst du keiner Wolken Dunkel,
Die das unendliche Gefunkel
Dem wonn'berauschten Blick entzieh'n.
Nein! ihre Strahlen ewig glüh'n:
Und jede Nacht schau' ich hinauf,
Folg' ihrem unermeß'nen Lauf,
Bis in des weißen Zeltes Schatten
Die Ruh' nimmt auf den Tagesmatten.

———

Der Krokodilschmaus.

Naht, ihr Alt' und Jungen!
Zu dem frohen Schmaus:
Denn des Niles Graus
Hat der Mensch bezwungen
Nach verweg'nem Strauß.

Der die Au' verheeret,
Schreck für Mensch und Thier:
Der des Gartens Zier
Scharfen Zahn's zerstöret,
Leblos liegt er hier!

Seht ihn hingestrecket,
Riesiger Gestalt!
Seines Leib's Gewalt,
Drohend ausgerecket,
Tröstet euch! ist kalt!

Durch des Rachens Höhle
Drang der Kugel Rund
Tief ihm in den Schlund,
Bis die Drachenseele
Hauchte aus der Mund.

Lang' in Sterbens Krämpfen
Lag das Unthier zwar,
Zäh sein Leben war,
Selbst in Todes Kämpfen
Droht es noch Gefahr.

Aber jetzt, ihr Gäste!
Nahet furchtbefreit,
Neue Sicherheit
Werde uns zum Feste:
Schmaus und Heiterkeit!

Friedlich nun zum Bade
Mögen Mädchen nah'n,
Fischer in dem Kahn'
Schlummern am Gestade:
Niemand ficht ihn an!

Auf denn, ihr Genossen,
Rüstig hergenah't!
Zu der Schlachtung That:
In des Feldes Gossen
Gönnt ihm erst ein Bad.

Eu'res Dolches Schnitte
Trete der Unhold
Ab sein Fell, es zollt
Manch' neugier'ger Brite
Uns dafür sein Gold.

Dann des Fleisches Massen
Füllet in den Topf:
Reißet ab den Kopf,
Als Tribut dem Bassen,
Tragt ihn hoch am Schopf!

Mit der spitz'gen Schneide
Stechet aus das Herz,
Werft es nileswärts!
Jubelt, denn die Weide
Ist erlöst vom Schmerz!

Fleißig Palmenzweige
Tragt zum Brande her,
Schürt das Feuermeer;
Sieg dem Thal anzeige
Weit der Flammen Heer.

Ha! wie's lustig prasselt,
Wie des Unhold's Fett
Mit Gezische brät,
Und hernieder rasselt
In der Töpfe Bett.

Lagert euch zum Mahle
Jetzt in bunten Reih'n,
Schenket vollauf ein
In die Dompokale *)
Süßen Palmenwein.

Laßt die Tarabute **)
Schallen Festeslaut!
Manche dunkle Braut
Werd', in Almeh's Schmucke,
Tanzend heut' geschaut.

Und ein frohes Singen
Dring' aus Kehlen schrill,
Preisend Allah's Will',
Der in uns're Schlingen
Führt den Krokodil.

---

*) Pokale, aus der Frucht der Dompalme gemacht.
**) Tarabute, eine Art Trommel.

Abschied von Afrika.

Leb' wohl! du Land der Wüsten,
Der blumigen Oasen,
Wo ich im Palmenschatten
Geschwärmt auf weichem Rasen!

Leb' wohl! ich kehr' zurücke
In's nordumhauchte Land,
Wo keine Palmoase,
Kein gold'ner Wüstensand.

Da strecken sich die Felder,
Von Habsucht angebaut,
Mit nord'scher Langeweile
Die Berge übergraut.

Geschäftig Menschentoben
Treibt Alles laut und schnell.
Wo ist der Wüste Stille?
Wo der Oase Quell?

Ich kehr' zurück so trübe,
So düster in dem Sinn,
Zum Land, das meine Heimath,
Und d'rin ich fremd doch bin.

Wenn du die Heimath aufgabst,
Du findest nie sie mehr.
Nur einen Schein von Heimath,
Wo's öd' und menschenleer.

O könnt' ich bei dir bleiben,
Egypt'scher Palmenhain!
O könnt' ich dort in Zelten
Verträumen all' mein Sein.

Mir wird so lebensmüde
Im fremden Menschentroß!
Mich weht es an so selig
Auf hohem Wüstenroß!

Der Wüste Bürger ward ich
Kaum, daß ich sie betrat;
Ein Recht, ohn' Pflicht und Lasten,
Wie's bietet keine Stadt.

Mein Haus trug auf dem Rücken
Beladen Dromedar,
D'rin war ich städt'schen Zwanges
Und aller Nachbarn baar.

Vor meinem Zelt am Feuer
Lag dann am Abend ich,
Arabisches Geplauder
Der Diener tönt' um mich.

Des duft'gen Rauches Wolken
Rissen den Geist mit fort,
Er schwebte Liebe suchend
Luftig von Ort zu Ort.

Dem Ideal der Liebe
Durft dienen hier ich nur,
Es schwand, was ich erlebte,
Seit erstem Liebesschwur.

Bist ganz, o Mensch! du einsam,
Wenn nichts von dir dich trennt,
Dann schwebt dir in's Gedächtniß
Dein glücklichster Moment.

So ging's auch mir, da einsam
Ich lag am Wüstenpfad,
Da schwebt' mir in's Gedächtniß.
Wie Lieb' mir einst genah't.

Da dacht' ich an die Holde,
Wie sie im Schönheitsmai
Auftaucht aus meiner Jugend
Schuldlosem Einerlei.

Da träumt' ich sie gebettet
Auf der Oase Grün
Und ihr zur Seite schlürft' ich
Den Duft aus ihrem Blüh'n.

Da fühlt' ich, wie ein Säuseln,
Der gold'nen Locken Zahl
Belebend niedersinken
Auf meine Wange fahl.

Des dunklen Augenpaares
Elektrisch scharfer Strahl
Durchdrang des Herzens Panzer,
Wie Blitz, mit einem Mal.

Und süßer Liebe Schmiegen
Bracht' mich der Theuren nah.
Verschlungen Seit' an Seite,
Uns grüner Rasen sah.

Es brannte Lipp' auf Lippe
So feuerathmend hier,
Die Finger irrten spielend
In ihrer Locken Zier.

Ein allvereinend Feuer
Durch uns're Adern brennt,
Und Abendlüfte küssen
Den seligsten Moment.

Leer ist mein sonstig Leben! —
Ein Augenblick allein
War Wirklichkeit — das and're
Ist doch nur hohler Schein.

Längst nun ist er verflossen,
Doch blieb's mein einzig Glück,
An meine schönste Stunde
Zu denken still zurück.

D'rum Dank dir, heil'ge Wüste!
Du gabst mich wieder mir;
Im Schwarm verlor mein Selbst ich,
Ich fand es nur bei dir.

Kleinasien, Syrien.

In Smyrna.

Smyrna ruht im duft'gen Thale,
Zwischen Berg und Meer gegossen,
Hundert Bäche, felsentsprossen,
Spiegeln sich im Sonnenstrahle.

Wundervolle Blumenkränze
Schmücken ihre Prachtpaläste,
D'rin die schönsten ihrer Gäste
Liebend feiern holde Tänze.

Griechenmädchen! Feuergluthen
Deines Aug's den Sinn berücken,
Meine Seele ganz umstricken
Deiner Locken dunkle Fluthen.

Wie mein Aug' bewundernd raget
Auf zu deiner Anmuth Glanze.
Da, auf deiner Lippen Kranze,
Seh' ich, wie ein Lächeln taget.

Ja! dem düstern Pilger winket
Deiner Wimper Zauberfaden,
Daß zum Tanz er dich zu laden
Waget, wo es rauscht und blinket.

Denkt nicht mehr der Wanderlieder:
Statt der ernsten heil'gen Chöre,
Naht die Lust ihm, daß bethöre
Den verliebten Sinn sie wieder.

Nah' der Schönen sonder gleichen,
Die im Tanz er durft' umschlingen,
Alle Kraft zum Selbstbezwingen
Ihren Reizen fühlt er weichen.

Wahnsinnstrunk'ne Liebesgluthen
Fühlt dem Busen er entflammen;
Wünsche, die der Lieb' entstammen,
Stürmend durch die Seele fluthen.

Nacht! da senk'st du deine Schleier
Auf die Festberauschten nieder,
Und am Morgen fliehest wieder,
Läßt den Pilger du als Freier.

Nah' des Bächleins holdem Rauschen,
Wandelt er, umfaßt die Liebe,
Spricht: „gestillt sind heiß're Triebe,
Laß jetzt Seel' um Seel' uns tauschen!"

Doch sie schweiget, marmorn blicken
Ihre Züge, — steinvergleichbar:
— Wahre Lieb' ist unerreichbar
Dem, den Wollust kann beglücken!

Und der Pilger darf nicht weilen! —
Rastlos fort ob Berg, ob Gründen! —
— Ach! die Lust ist leicht zu finden,
Doch ein Herz ist schwer zu heilen.

Fata Morgana.

Pilger durch des Lebens Wüste,
Seufzt' ich nach Oasenschatten.
Nach dem Quell, der unter Palmen
Labung beut dem Wallfahrtsmatten.

Eine Insel sah ich ragen
Aus des Sandes Oceane:
Die Oase mit den klaren
Bächen auf dem grünen Plane.

Hofft' dies Eiland zu erreichen,
Nie erschifft vom schwanken Kahne,
Sah schon dattelreiche Fächer
Lächeln meinem süßen Wahne.

Von der Sehnsucht wahnbethöret,
Blick' ich nach des Trugs Gebilden,
Der Oase palmengrünen,
Quellburchrieselten Gefilden.

Sah umwallt von sonn'gem Glanze
Nah mir duft'ge Haine winken,
D'rin die süßen Labefrüchte
Golden aus den Zweigen blinken.

Träumend, unerfaßt vom Schlummer,
Schaut auf grünen Wiesenmatten
Purpurn ich der Rebe Perlen
Mit dem Ulmenblatt sich gatten.

Sah Paläste leuchtend ragen
Aus den grünen Palmenhainen,
Schaute wonnige Gestalten
Schwebend längs des Waldes Rainen.

Nach den Früchten hascht' ich, doch es
Schwanden eilig ihre Wonnen,
Zu der Quelle wollt' ich sinken,
Aber schnell war sie zerronnen;

Und in fahle Nebel lösten
Sich die zaub'rischen Gefilde;
Grau lag da, vom Sand umwirbelt,
Das jüngst grünende Gefilde.

Der Morgana Bilder flohen
Mit dem glutherzeugten Traume,
Und ich stand allein und düster
Auf dem weiten Wüstenraume.

Damaskus.

So hab' ich endlich dich gesch'n
Und ruh' so wonnesam
Bei deiner Pappeln Säuselweh'n,
O rosig Thal von Scham!

Von mächt'ger Felsen nackter Kron'
Erblick' ich deine Zier,
Gottlob! der Antilibanon
Lag endlich hinter mir.

Gottlob! die Oede war vorbei,
Das Auge schaut erlöst,
Von jenes Berges Wüstenei
Dein blühend Thal entblößt.

Schön ist des Nordens grüne Au',
Doch schöner tausend Mal
Aus niegetrübtem Himmelsblau
Des Südens Sonnenstrahl.

Wenn aber sonn'ger Südnatur
Sich paart des Nordens Grün,
Dann unvergleichbar prangt die Flur
Mit zweier Lenze Blüh'n.

Des Wasserfalles Silbermeer,
Im sturzgebornen Schaum,
Zischt demantschillernd hin und her
Durch zack'gen Felseraum.

Pilgermuscheln.   14

Der Rosen Fülle ewig blüht
Am Strand auf duft'gem Rasen,
Der Dattel gelbe Frucht erglüht
In schattigen Oasen.

Des Südwind's zarter Fittig weht
Einher mit süßem Rauschen,
Mir dünkt es, durch die Haine geht
Gott, um der Welt zu lauschen.

Umsonst dies Eden schuf er nicht:
Her von der Bahn der Sterne
Der Ew'ge schwebt im Mondeslicht:
Ihm ist der Mensch nicht ferne!

Dem Menschen will er nahe sein,
Den reine Freud' entzücket.
Und den des Paradieses Hain
Mit wonn'ger Lust beglücket.

Der Pilger wallt in stummer Lust,
Wie sich der Abend kühlet;
Ein süßer Schauer füllt die Brust,
Wie Gottes Näh' er fühlet.

Natur gießt Gottesfreuden ein
Ihm in das kranke Herz,
Giebt Kraft dem Geist, sich Gott zu weih'n,
Und lenkt ihn himmelwärts.

Hossein's Tod.

Romanze.

I.

Wen hört aus nächt'ger Stille
Die Wüste einsam beten?
Das ist der Emir Hossein,
Der Enkel des Propheten.

„O Allah meiner Väter!
Gott der Koreischen, Du!
Der Enkel Deines Zeugen
Naht Deines Edens Ruh'.

„Noch gestern trug mein Scheitel
Islam's Khalifenkron'.
Doch heut', im Staub erniedrigt,
Fleht des Propheten Sohn:

„Nicht mehr um blut'ge Siege,
Um ird'schen Ruhmes Preis;
Um ew'ge Ruh' nur fleh' ich
Im sel'gen Väterkreis.

„Wann, Gott, des Morgens Sonne
Enthüllt den Wüstenplan,

14 *

Dann bricht ein Tag des Blutes
Ob Deinen Streitern an.

„Für mich wetzt Kufa's Krieger
Die Waffe mordbereit:
Spar' ihm, o Herr! den Frevel:
Laß sterben mich noch heut'!

„Daß Moslem gegen Moslem
Sich nicht zum Kriege schaart,
Werd' ihren Scimitaren
Prophetenblut gespart."

———————

II.

Grau leuchtet früh die Dämm'rung,
Bestrahlet Hossein's Zelt:
Von Feinden überfüllet
Ist schon das sand'ge Feld.

Da nahen Kufa's Streiter:
Die Treulosen! Sie riefen
Jüngst her vom sichern Mekka
Den Emir zum Khalifen,

Und da sie Hossein sehen
Her voll Vertrauen zieh'n,
Als bitt're Feinde plötzlich
Sie fallen über ihn.

Von des Propheten Grabe
Allein kam Hossein her,
Vertrauend ihren Eiden
Und nicht des Schwertes Wehr'.

Beweglich ist die Welle
An rothen Meeres Strand:
Unendlich wandelbarer
Ist ihrer Schwüre Band.

Wohl schwankt das Rohr im Monsun
Am schlammerfüllten Nil,
Doch schneller wird die Treue
Kufa's der Winde Spiel.

So naht denn, feig und treulos,
Gen einen tausend hier,
Kufiden! todesmuthig
Steht Hossein zum Panier.

III.

Siehst du den Scheiterhaufen
Im Frühlicht golden glüh'n?
Und veilchenblaue Nebel
Von Allah niederzieh'n?

Siehst du die holden Bräute
Sich weih'n dem Paradies,

Weil Hossein, ihr Gebieter,
Zum Tode sie verließ?

Sie, seines Harems Blüthen:
Gleich Schiras' Rosenkranz,
Erglühet schön und herrlich,
Der Rosenwangen Glanz.

Sie wandeln hin, versenket
In höh're Träume ganz,
Es heben sich die Füßchen
Zum letzten, heil'gen Tanz.

Zum Tanz um jene Flamme,
Die kündet gold'nen Tod,
Die hell zum Land der Huris
Der Wind emporgeloht.

Feiernd gemess'nes Tanzen,
Ein üpp'ger Schwebegang!
Der Todesbräute Lippen
Entsteigt ein Schwanensang.

Kaum Worte tönt ihr Singen,
In Tönen Liebe ruht,
Ein Todeswonneseufzer
Entströmt der Seelengluth.

Der Kampf der Herzen schweiget
Um des Geliebten Gunst,
Der Streit um seine Blicke
Weicht geist'ger Liebesbrunst.

Und aus den hundert Kehlen
Der Mädchen, unerreicht,

Zu Gott der letzte Seufzer
Auf als Gebet nun steigt:

„Nimm, Allah, deine Kinder
Als Huris in dein Reich!
War Hosseins Herz getheilt hier,
Dort lieb' er alle gleich.

„Dort werde nie der Seele
Gelöscht der Feuertrieb,
Und aus gestillter Liebe
Erwachse neue Lieb'.

„Laß ewig dort uns lieben,
Er lieb' uns ewiglich,
So wird der Tod uns scheinen
In Flammen wonniglich.“

Und todesmuthig tanzen
Die Mädchen in die Gluth:
Die Flamme streckt gen Himmel
Die Zunge, roth wie Blut.

IV.

Stolz ragt der Leu im Atlas
Aus seiner Jäger Schaar:
Kühn hält sein Antlitz Hossein
Entgegen der Gefahr.

Aus tausend Bogen schwirren
Die Pfeile ohne Zahl,
Doch noch steht ungetroffen
Der Held vom Todesstrahl.

Verachtung weih'n die Blicke
Der feigen Mörderschaar,
In ihr schlägt blut'ge Lücken
Sein scharfer Scimitar.

Hoch ragt er über Alle
Vom wilden Wüstenroß,
Wirft Vielen in den Busen
Todbringendes Geschoß.

Hell wiehert auf sein Renner,
Schaut auch verachtend kühn
Herab auf Kufa's Krieger,
Auf ihrer Pfeile Glüh'n.

Doch plötzlich, sieh'! getroffen,
Das edle Thier, im Sand
Hinsinkt es in der Nähe
Von Wüstenabgrundes Rand.

Will schnell noch auf sich raffen,
Da weicht die letzte Kraft,
Und jäh hat Roß und Reiter
Die Tiefe hingerafft.

Der Enkel des Propheten
Liegt todt im dunklen Schacht.
Es jauchzen Kufa's Reiter:
Vollendet ist die Schlacht!

So hörte Gott die Bitte
Aus Hosseins Sterbemund;
Fiel nicht von Moslems Schwertern,
Starb in der Wüste Schlund.

Daß Moslem gegen Moslem
Sich nicht zum Kampfe schaart',
Ward ihren Scimitaren
Prophetenblut gespart.

Der Diener des Sklavenhändlers.

Erzählung.

I.

Ein Sklavenhändler in Bagdad
Einst einen armen Diener hatt':
Hinfällig war er von Gestalt,
Im Herzen jung, an Jahren alt,
Ben Hinda hieß der arme Mann.
Stets ging's ihm schlecht, und auch fortan
Hofft wenig Gutes er vom Leben.
Doch trug er stets sein Leid ergeben
Und seine Seel' war treu wie Gold;
Ob ihm auch selbst das Glück nicht hold,
So fühlte Mitleid doch sein Herz
Mit Andrer Elend, Leid und Schmerz.
Oft drohte seiner Ruh' Gefahr.
Denn ach! sein Herr gar grausam war
Und stumm für besseres Gefühl.
Der Strafen gab es täglich viel,
Ob's auch Ben Hinda nicht verdient,
Und immer wird an ihm gesühnt,
Was er nicht that. Mit straffem Seil
Wurden dem Aermsten oft zu Theil
Auf Rücken, Hände, Füß' und Waden
Die schmerzensvollsten Bastonaden.

Ben Hinda setzt sich nicht zur Wehr:
Der arme Alte litt gar sehr,
Doch litt er mit geduld'gem Muth.
Und sein Gemüth, wie Demant gut,
Ging mit dem Herrn nicht zu Gericht.
Die eig'ne Qual betrübt ihn nicht,
Will Andern gern ein Retter sein,
Und denket nur an fremde Pein,
Obgleich er viel nicht helfen kann.
Ach! grausam gegen Jedermann,
Und an Geberden fürchterlich
Der Sklavenhändler zeigte sich.
Verdammt zu bittern Leidenstagen,
Die Sklaven, wurden viel geschlagen:
Ihr Schmerzensschrei die Ruh' oft störte,
Und viele Seufzer täglich hörte
Der Saal, in dem sie eingesperrt,
Sah viele Züge, schmerzverzerrt;
Des Sklavenhändlers Zornesgluth
Kannt' keine Grenzen. Seine Wuth,
Wenn er gereizt, war fürchterlich.
So weit manchmal vergaß er sich,
Daß selbst mit grausam roher Art
Die Sklavinnen er strafte hart.
Gar viele schöne Frauen bot
Der Sklavenschrein, mit Wangen roth,
Mit Haaren, dunkel wie die Nacht,
Mit wunderbarer Formenpracht.
Daß zart mit ihnen umzugeh'n
Ihm nütze, wollt' er nicht versteh'n,
Und statt sich freundlich zu erzeigen,
War stets nur Grausamkeit ihm eigen.

Gar oftmals straft' er sie am Essen,
Wenn sie zu murren sich vermessen,
Ihn rührte nicht der Unschuld Kleid,
Und fasten mußt' manch' holde Maid.
Auf's Schelten war er stets erpicht,
Ja selbst die Schläge spart' er nicht.
Ben Hinda 's oft zu Thränen rührt,
Wenn in den Saal die Pflicht ihn führt,
Und muß das Loos der Armen seh'n,
Wie sie vor Schmerzen fast vergeh'n.
Zu Hülfe möcht' er eilen gern
Den Armen, die bestraft vom Herrn;
Doch welche Hülfe bringen kann
Ben Hinda, selbst ein armer Mann?
Er selbst hat nichts, und wenn die Frau'n
Ihm ihre Leiden anvertrau'n,
Die rühren könnten jeden Stein,
Ihm klagen ihres Hungers Pein,
Zu lindern ihre höchste Noth,
Da bricht er oft sich ab vom Brod,
Was seiner sau'ren Arbeit Lohn,
Und giebt den Sklavinnen davon.
Doch kaum hat er sein täglich Brod,
Und kann nicht lindern fremde Noth.
Doch einstmals mußt' er Zeuge sein
Von einer unerhörten Pein,
Wie eine schöne Sklavin ward
Gestraft auf fürchterliche Art!
Kadika hieß die holde Maid;
Sie blüht' in erster Jugend Kleid,
Sie war so lieblich, wunderschön,
Wie kaum sein Blick es je geseh'n.

Mit ihrer Mutter hatte sie
Gekauft der Händler, und noch nie
War von der Theu'ren sie geschieden.
Stets hat ihr früh'rer Herr vermieden,
Die Mutter von dem Kind zu trennen.
Der neue wollt' kein Mitleid kennen,
Dacht' nur an schmutzigen Gewinn
Und fest beschloß in seinem Sinn,
Sobald sich nur ein Käufer fand,
Zu scheiden er, die eng verwandt:
So sperrt er auch getrennt sie ein. —.
Kadika duldet düst're Pein,
Seit ihre Mutter war nicht mehr
Bei ihr, und ihrer Thränen Meer
Allstündlich reichlich sich ergoß.
Und ungestillt in Strömen floß.
Doch wie der Sklavenhändler sieht,
Daß dieses Mädchen, kaum erblüht,
So düsterm Kummer sich ergeben,
So bangt ihm für ihr junges Leben:
Denn, wenn zu Tod ihr armes Herz
Sich grämen möcht' im tiefen Schmerz.
Ging seiner Habsucht viel verloren.
Doch war zur Mild' er nicht geboren;
Ihr einzuflößen freud'gern Muth,
Däucht' ihm allein die Strenge gut.
So schreitet er zu harten Strafen,
Und läßt durch einen Negersklaven
Tagtäglich voller Grausamkeit.
Auspeitschen jene arme Maid.
Ihr Schmerzensschrei tönt' fürchterlich
Durch's ganze Haus; jedoch es wich

Der Herr nicht ab von seiner Strenge,
Zu mild dünkt ihm der Schläge Menge,
Er will durch Fasten noch sie zwingen,
Und hofft so seines Plans Gelingen. —
Katika wäre wohl dem Tod
Verfallen, wenn nicht ihrer Noth
Zu Hülfe wäre bald gekommen
Der Greis, die Perle aller Frommen.
Ben Hinda sah die bitt're Qual
Katika's. Nachts er fort sich stahl
Vom Haus, geht zu den Bäckern hin,
Arbeitet dort für Lohn's Gewinn.
Was er verdient, dafür ersteht
Er Brod, und heimlich hin er geht,
Bringt es der armen Sklavin dar.
Doch möcht' er auch aus der Gefahr
Der Schläge endlich sie entzieh'n;
D'rum geht er jede Nacht dorthin,
Arbeitet ab sich mühevoll,
Bis daß verdienet er den Zoll,
Der jenen feilen Mohr besticht,
Daß er so hart sie schlage nicht.
Der Neger wollt' bestochen sein,
Daß er sie schlüge nur zum Schein.
Gelindert hatt' er nun den Schmerz
Des Körpers, doch Ben Hinda's Herz
Auch an der Seele Qualen dacht',
An ihren Kummer, neuerwacht
Stets, wenn sie die Gedanken senket
Zurück und an die Mutter denket.
D'rum hin zur Mutter er sich schleicht
Und nicht von ihrem Lager weicht,

Bis daß sie Trosteswortе lind
Ihm mitgegeben für ihr Kind;
Und liebevolle Grüße trägt
Stets, wenn die Abendstunde schlägt.
Ben Hinda zu der Tochter hin,
Bis Beiden leichter ward der Sinn.

II.

Seit jener Zeit vergangen waren
Der Jahre drei, der Händler hatt'
Verkauft Kadika einem Fürsten.
Ben Hinda ward vom Alter matt;

Kaum kann er seine Pflicht noch thun,
Und doch zwingt ihn der Herr dazu.
Und niemals gönnet grausam er
Dem Alten die verdiente Ruh'.

Ben Hinda war gar schwach und alt,
Und oftmals ihm die Kraft versagt,
Doch wenig kümmert dies den Herrn,
Und stets den armen Greis er plagt.

Sein Brod ward täglich saurer ihm
Und täglich schwerer zu verdienen,
Und Kummer malte sich und Schmerz
In seinen altersschwachen Mienen.

Doch ob gebrochen auch die Kraft,
Arbeiten dennoch muß der Arme,
Niemand ist auf der weiten Welt,
Der sich des Greises noch erbarme.

Doch einstmals, als der strenge Herr
Ihm auferleget Arbeit schwer,
Ben Hinda strengt sich an und stöhnt,
Doch seine Kraft vermag's nicht mehr.

Zusammenbricht der sieche Leib,
Doch rührt des Herren Herz es nicht,
Er tritt und schlägt den Greis und d'rauf
Voll Zorn er also zu ihm spricht:

„Hinaus mit Dir aus meinem Dienst,
Du fauler Knecht, zu Nichts mehr nutz!"
Und ohn' Erbarmen wirft er ihn
Vor's Thor hin, in der Straßen Schmutz.

Verlassen liegt Ben Hinda dort,
Wo kann er Obdach finden nun?
Wer giebt dem kranken Alten Brod?
Was, um zu leben, soll er thun?

Doch siehe, plötzlich durch die Stadt
Her von den Frauenbades Hallen
Ein Zug ihm naht, d'rin holde Frau'n
Verhüllt von dichten Schleiern wallen.

Am Greise wandeln sie vorbei,
Doch keine scheint sich umzuseh'n
Nach ihm, und ohn' Barmherzigkeit
Schon wollen sie vorübergeh'n.

Doch plötzlich dringt ein heller Schrei
Aus einer Kehle von den Frauen,
Und alle Mädchen stehen still,
Und nach der Herrin um sich schauen.

Denn ihre Herrin war gesunken
In Ohnmacht, als den Greis sie sah:
Rabika war's, sie denkt daran,
Was einst im Sklavenschrein geschah.

Jetzt, da die Holde sich erholt,
Spricht zu den Frau'n sie: „Eilet hin
Zu jenem Greis; mein Vater ist's."
Denn Vater nannte ihn ihr Sinn,

Und Vater war er ihr gewesen.
Läßt ihn zu ihrem Gatten tragen,
Erzählt ihm, was Ben Hinda that
An ihr in ihren jungen Tagen.

In Bagdad war Rabika's Gatte
Der Pascha; hatte die Gewalten
Ob aller Gläub'gen Tod und Leben,
Und also sprach er zu dem Alten:

„Du hast gerettet meinem Weib
Das Leben einst, zum Danke nun
Geb' ich ein Haus und Reichthum Dir;
Doch will noch mehr für Dich ich thun.

„Der Sklavenhändler hatt', gedrückt
Dich schwer, d'rum schenk' ich Dir sein Leben.
Ich geb' ihn Dir in die Gewalt,
Du kannst getrost den Tod ihm geben."

Doch also sprach der Greis zum Fürsten:
„Dank sei Dir, Herr, für Deine Gaben,
Doch deren Leben will ich nicht,
Die einst an mir gesündigt haben.

„Wer Rache übt an seinem Feind',
Der liebt nicht Gott und den Propheten;
Nichts will ich mehr von jenem Mann,
Als daß er mög' für mich nun beten."

Palästina.

15 *

Gruß an Palästina.

Sei mir gegrüßt gebenedeite Flur,
Gelobten Landes rosenduft'ger Plan!
Wer fühlt nicht hier hernieder zur Natur
In heil'gem Kuß die Gottesliebe nah'n?
Wer wallt nicht gern auf der geweihten Spur,
Wo Himmelsklänge jedes Ohr umfah'n,
Und heil'ge That aus längstentschwund'nen Tagen
An's geist'ge Ohr erinn'rungstrunken tragen?

Wie labst du mich, o Jaffa's grüner Strand,
Ihr Palmenfächer und du Waldesrain,
Wo Sehnsucht sinkt an's langerhoffte Land!
Wo mattumgrünt sich im Olivenhain
Erhebet gottgeweihter Zelle Wand,
D'rin Einsamkeit verträumt das ird'sche Sein,
Und aus der wonn'gen Pracht der Erdenauen,
Wie schön der Himmel sei, erstrebt zu schauen.

Seid mir gegrüßt, ihr jungen Blumensprossen.
Granatenblüthen! die mit ros'gem Glüh'n,
Den Feuermund zu üpp'gem Kuß erschlossen,
Euch neigt des Blattes lebensfrischem Grün;
Orangenbüsche! Morgenthaubegossen,
D'rin Sonnengluthen gold'ne Frucht erzieh'n,
Und, d'raus entquollen, balsamreiche Düfte
Gleich Weihrauchswolken steigen in die Lüfte.

Land! das du, dreier Glaubensformen Wiege,
Dem Christ, dem Moslem und dem vielgeschmähten
Sohn Israel's, dreifachen Glaubens Siege
Zurückrufst in's Gedächtniß, das zum Beten,
Sie All' vergessend ihrer Priester Kriege
Vereinst auf Gräbern göttlicher Propheten:
Von Dschebel Musa bis zu Bethels Palmen
Ertönen dreier Religionen Psalmen.

Das Glaubensbuch, das alle drei verbreiten,
Die gottgeweihte, altehrwürd'ge Kunde,
Nennt dich sie nicht auf jeder ihrer Seiten,
Als Lohn der Treu' im gottgeschloss'nen Bunde?
Ließ sie in dir ein Eden nicht bereiten
Den Auserwählten, wo aus off'nem Munde
Des Füllhorns Milch und Honig sich ergossen,
Der Rebe, der Olive Thränen flossen?

Flur, allen Völkern gleichgebenedeit!
Mit Recht vom Glauben heil'ges Land geheißen!
Von Gottes eigner Gegenwart geweiht,
Sollst den du zur Entzückung hin nicht reißen,
Der weiß, daß hier der Herr der Herrlichkeit,
Als Isaals Vater er dies Land verheißen,
Gewallt? Wer suchte noch ein and'res Eden,
Als das des Paradieses Herr betreten?

Denn hier in's Zelt zu der Propheten Ahnen
Trat, von des Lichts Gewand umwallet Er,
Hier zeigt er ihm der Sterne gold'ne Bahnen,
Hier sprach er: „Herrlich wie des Himmels Heer,
Unzählig wie der Sand auf jenen Planen,
Die endlos dehnen sich am syr'schen Meer,

Will deiner Enkel Stamm ich einst erheben,
Und ihm dies Land zum ew'gen Erbe geben."

Und was ertönt' dem dreimalheil'gen Munde,
Hat sich bewähret bis auf unsre Zeiten:
Der Sarah Söhne, treu sinai'schem Bunde,
Bewohnten tausend Jahre die geweihten
Gefilde, bis daß ihre letzte Stunde
Durch Roma schlug. Allein vom Joch befreiten
Die Flur, verheißen Abrah'ms Stammgenossen,
Der Hagar Söhne, wüsteneientsprossen.

Ihr Zelttuch sieh' im Abendscheine winken:
Roth flackt das Feuer vor den engen Thoren,
Und rings umher die weißen Mäntel blinken;
Auf Glieder, von Natur zur Kraft erkoren,
Die weiten Falten des Gewandes sinken.
Araber, fern am rothen Meer geboren,
Bebauen nun den gottgeweihten Plan,
Ismaels Söhnen dienet Kanaan.

Es nah'n des Abends purpurrothe Gluthen,
Die Sonne neiget sich dem Meere sacht,
Gleich gold'nem Segel schwimmt sie auf den Fluthen,
Dann taucht sie unter; feuerfarb'ne Pracht
Will an der Wolken tiefstem Saum verbluten,
Doch scheuchet bald die heil'ge stille Nacht
Das Abendroth, und naht mit ihren fahlen,
Vom bleichen Monde matterhellten Strahlen.

Die Erde feiert in der nächt'gen Hülle,
In stillem Schlummer ruh'n die heil'gen Lande,
Kein Tritt der Rosse stört die tiefe Stille;
Nur auf dem Pfad, der führt von Jaffa's Strande

Zur Stadt, die einst erkor des Ew'gen Wille,
Ein Pilger naht im dunkelen Gewande.
Wo winkt die Hütte, d'rin die müden Glieder
Zur kurzen Ruh' der Waller lege nieder?

O nehmt ihn auf in Eurer Zelte Schatten,
Ismaels Söhne, wüsteneientsprossen!
Laßt laben sich bei Euch den Wallfahrtsmatten
Am Quell, der hier aus nacktem Fels geflossen,
Laßt ruh'n ihn auf des Palmenstrohes Matten,
Die, lichtgelb auf der Erde hingegossen,
Den Boden decken Eurer luft'gen Hallen,
Die Zelteswände blendendweiß umwallen.

Und morgen, wenn mit neugebor'nem Scheine
Des Tag's Gestirn den jungen Lauf beginnt,
Führt ihn den Pfad, hin durch die dunklen Haine,
Bis daß der Fuß den sichern Steg gewinnt
Zur Stadt, die hoch auf fels'gem Thron alleine
Ob ihrer schwermuthsvollen Loose sinnt,
Die leuchtend über Juda's finstern Thalen
Noch glänzt mit ihrer Zukunft Hoffnungsstrahlen.

Das Gebirge von Juda.

Legende.

Aus Palästina's Urwelt
Ragt auf ein Bild von Stein:
Das ist der Herr der Bildner,
Der mächt'ge Tubalkain.

Er baut die ersten Städte,
Die Mauern voller Macht,
Die mit gigant'scher Masse
Hinstarren in die Nacht.

Er baut Paläste endlos,
Wie nie ein Mensch sie sah:
Es wölben sich die Kuppeln
Dem Himmelszelte nah.

Er richtet Säulen riesig,
Die nie ein Simson fällt,
Und bergeshohe Sphinxe
Er vor die Thore stellt.

Es höhnt Jehovah's Donner
Sein kühner Menschenwitz,
Und seine Mauern fürchten
Nicht eines Gottes Blitz.

Und wie die Stadt vollendet,
Die Tubalkain gebaut,
Will Niemand sie bewohnen,
Dem Mensch vor ihr es graut.

Nur die gefall'nen Engel,
Sie finden hier sich ein,
Wohl würdig, zu bewohnen
Die neue Welt von Stein.

Als Tubalkain die Geister
Sah, denen er entstammt,
Da ward sein mächtig Herze
Von stolzem Muth entflammt.

Zu seinen Vätern sprach er:
„Ich will nicht Mensch mehr sein;
Nehmt auf in Eure Reihen
Den mächt'gen Tubalkain!"

Doch Hohngelächter tönte
Aus der Giganten Mund:
„Du bist, erzeugt ein Bastard,
Mit einem Weib im Bund!

„Bist größer du als Menschen,
Gen uns, wie bist du klein!
Würdig zu unsern Füßen
Nichts, als ein Wurm, zu sein."

Im Zorn vernahm die Worte
Der mächt'ge Tubalkain:
Da nahm er seinen Hammer,
Brach seine Welt von Stein.

Es fielen die Paläste,
Die Kuppeln stürzten ein,
Die Säulen und die Sphinxe,
Die Stadt des Tubalkain.

Die Kuppeln wurden Berge,
Die Mauern Felsenwand.
Die Treppe stolz und riesig
Ward jähen Abgrund's Rand.

Die Thore wurden Höhlen,
Die Prachtarcaden kühn,
Sie fielen ein zu Schluchten,
D'rin wuchert spärlich Grün.

Ein mächt'ger Trümmerhaufen
Sich strecket endlos weit.
Und tiefes Schweigen decket
Die graue Einsamkeit.

So mächtig sind die Trümmer,
Daß nie ein Mensch sich traut
Zu sagen: dieß die Stadt war,
Die Tubalkain gebaut.

Es sind die Berge Juda's:
Seit jener Fall geschah,
Ruh'n, von dem Fluch getroffen,
Sie öd' und düster da.

Nur eine Straße blieb noch
Von Tubalkain's Stadt;
Es nennt der Mensch sie zitternd:
Das Thal von Josaphat.

Jerusalem.

Heil'ge Schauer mich umwallen,
Wie mein ungeweihter Schritt,
Zion! Deine ew'gen Hallen
    Bang betritt.

Bin ich würdig hier zu schreiten,
Wo Prophetenworte schallten?
Wo aus heil'ger Harfe Saiten
    Psalmen hallten?

Wo ein Gott einst, mit dem Bösen
Kämpfend, heilig Blut vergoß,
Seine Laufbahn, zu erlösen,
    Stumm beschloß.

Eine Kirche seh' ich ragen,
Eine graue Welt von Stein:
Darf mein armer Fuß sich wagen
    Hier hinein?

Doch, umwallet von Talaren,
Nahen Pilger heil'gem Ort,
Und es fassen mich die Schaaren,
    Zieh'n mich fort.

Jetzt am heil'gen Ort ich stehe,
Wo am Kreuz floß Gottes Blut,
Und das Grab ich vor mir sehe,
    D'rin er ruht'.

Golgatha! sei mir willkommen,
Heil'ge Strahlen dich umsonnen,
Denn von dir sind ja gekommen
    Sel'ge Wonnen!

Alle, die am Pilgerstabe
Hieher kamen, hier zu weinen,
Möge Lieb' am heil'gen Grabe
    Sie vereinen!

Doch was hör' ich? Priester streiten
In der griechischen Kapelle?
Zwietracht schändet der geweihten
    Stätte Schwelle.

O vergeßt an heil'ger Stätte,
Eure Priester! laßt sie streiten,
Christen! streifet ab die Kette,
    Ihr Befreiten!

In der heil'gen Stadt zu beten,
Gehet, Christen! Hand in Hand,
Zu des Gottes, des Propheten,
    Grabesrand.

Felsenfest dann, wie die Treue,
Wenn vereint die Christen gehen,
Wird Jerusalem, das neue,
    Auch erstehen!

Bethlehem.

In dunkler Grotte
Das Lämplein glüht,
Kindlichem Gotte
Tönt heil'ges Lied:
Christ, dem gebornen,
Im Felsgestein,
Naht, ihr Erkor'nen!
Ihm euch zu weih'n,
Denn aus Verlornen
Schuf er euch rein.

Ob fels'gem Schutte
Pilgerstab winkt,
Auf brauner Kutte
Die Muschel blinkt;
Die Brust umwunden
Hält rauh' Gewand,
Den Leib umbunden
Des Strickes Band;
Dem Fuße Wunden
Schlägt Stein und Sand.

Den wir verehren,
Künde der Glanz
Heiliger Beeren
Im Rosenkranz:

Der Perlen jede,
Die er beschwingt,
Sei ein Gebete,
Das aufwärts dringt,
Bis der Erhöhte
Erfüllung winkt!

Wo das Gelübde
Sich göttlich baut,
Bethlehem's Krypte!
Grüßen wir laut:
Nieder wir fallen,
Wenn's Glöcklein schallt.
Weiter wir wallen,
Den Säulenwald
Der obern Hallen
Fliehen wir bald.

Auf uns'rer Fähre
Nieder wir geh'n,
Wo drei Altäre
Winken wir seh'n,
Beim Fackelscheine
An fels'ger Wand:
Drei Glaubenssteine
Von frommer Hand
Vom Tagesscheine
Ewig verbannt.

Göttlicher Wille
Hört das Gebet:
Der Krypte Stille
Einstimmig fleht;

Bußchöre wallen
Voll heil'gem Schmerz;
Nieder wir fallen,
Beu'n erdenwärts
Felsigen Hallen
Antlitz und Herz.

Am ersten Steine
Maria lag,
Als ew'ger Reine
Die Hütte gebrach.
Der obdachlosen
Kluft bot sich dar,
Da, weltverstoßen,
Gott sie gebar:
Engel umkosen
Sie wunderbar.

Am zweiten Steine
Ruhte das Kind:
Wie strahlt das Kleine
Tröstlich und lind!
Heil'ge Geberde
Hellt fels'ge Grott';
Denn zu der Erde,
Der sein Gebot
Schöpferisch Werde
Rief, kehrte Gott.

Am dritten Steine
Standen die Drei:
Von fernem Haine
Zieh'n sie herbei;

Dem heil'gen Sterne
Oestlicher Zon'
Folgen sie gerne
Zum Felsesthron,
Opfer der Ferne
Weih'n sie dem Sohn.

Fromme Entschlüsse
Hört jeder Stein,
Brünstige Küsse
Sauget er ein,
Mit sel'gem Beben.
Der Welt entraubt,
Von neuem Leben
Hoffnungumlaubt,
Pilger erheben
Scheidend das Haupt.

In stiller Krypte,
Gieb ew'ge Ruh'!
Gottes Geliebte,
Maria, du!
Niemals betrübe
Zweifel das Herz!
Heile die Triebe
Voll Seelenschmerz,
Bis ew'ge Liebe
Ruft himmelwärts.

————

Am Grabe Maria's.

An Deinem Grabe stand ich, o Maria!
An Deinem Grabe stand und weinte ich,
Es flossen meine Thränen, o Maria!
Hin auf Dein Grab für Deinen Sohn und Dich.

Für Deinen Sohn, der an des Kreuzes Stamme
Ein tausendfaches Märtyrthum erlitt,
Für Dich, o Mutter! deren zarten Busen
Ein scharfes, siebenschneid'ges Schwert durchschnitt.

Als müd' vom Weinen dann ich wollt' mein Haupt
Ausruhen in dem heil'gen Kirchenraum,
Da sank ich an dem Grab in tiefen Schlummer,
Und bald umschwebte mich ein hehrer Traum.

Mir war, als sei bereits ich abgeschieden,
Als sei die Zeit für mich vollendet schon;
Doch noch war nicht mein ew'ges Loos entschieden,
Ich stand noch vor des Weltenrichters Thron.

Da sah ich einen Engel: eine Waage
Hielt in der Rechten er, und sieh, es lag
In einer Schale meine Last der Sünden:
Gehäuft war Alles hier, was ich verbrach;

Und ach! die and're Schale war so leer,
Denn meine guten Werke wogen nichts:
Es blickt' der Richter finster, und ich harrte
Voll Angst schon des verdammenden Gerichts.

Du kamst auf ros'gen Wolken hergeschwebet,
Maria, Du! Es folgte Deiner Spur
Der Engel Heer! und in die leere Schale
Der Waage warfst Du eine Demantschnur.

Sieh! die Demanten zogen schnell hinab
Die Schale, die sonst leer, und Seligkeit
Verkündet mir ihr rasches Niedersinken:
Ich war gerettet für die Ewigkeit!

Und wie ich hin sah nach den Edelsteinen,
Durch die so sel'ge Wonne ich genoß,
Erkannt' in den Demanten ich die Thränen,
Die ich an Deinem Grabe heut' vergoß.

O gieb, daß dieser holde Traum nicht trüge!
Und nimm statt Werken hin die Thränen mein:
Gerechtigkeit kann niemals uns erlösen,
Nur Gnade kann den Staubessohn befrei'n.

———————

Die Dschin und der Tempel.

Orientalische Legende.

I.

Es melden heil'ge Schriften
Die Sage wunderbar:
Einst stieg zur Erde nieder
Gefall'ner Engel Schaar.

Es nahm die Göttersöhne
Auf Palästina's Thal,
Sie pflückten Saron's Rosen
Im gold'nen Sonnenstrahl.

Sie traten in die Zelte,
Die Adam's Sohn erbaut';
Doch Adam's Söhnen, heißt es,
Es vor den Göttern graut'.

Vor den gefall'nen Engeln
Floh Seth's, wie Kain's Sohn;
Es wurden ihre Zelte
Der Eindringlinge Lohn.

Die Mädchen nur, die kühnen,
Vom Stamm des stolzen Kain,
Sie blieben mit den Engeln
Im Zeltesraum allein.

Und als die Engel sahen,
Wie schön das ird'sche Weib,
— Da sehnt der Götterbusen
Sich nach dem ird'schen Leib.

Auch in der Mädchen Herzen
Entbrennet mächt'ge Gluth,
Durch ihre Adern rinnt es
Viel heißer noch als Blut.

Sie sah'n, wie mehr voll Schönheit,
Voll Feuer und voll Kraft,
Die Götter, als die Menschen,
Voll mächt'ger Leidenschaft;

Daß ewig ihre Liebe,
Daß ewig ihre Gluth,
Befriedigung dem Triebe
Voll sinnberauschter Wuth.

Von liebenden Gedanken
Berauschet ist der Schwarm,
Und wahnsinnstrunken sanken
Sie in der Engel Arm.

Und jede von den Holden
Bracht' nach verfloss'nem Jahr
Als Gabe ihrem Herren
Sein Ebenbildniß dar.

Sein Ebenbild, gehau'n nicht
Aus Erz, aus Marmorstein:
Ein menschenähnlich Bildniß,
Geformt aus Fleisch und Bein.

Halb Gott, halb Mensch, so boten
Sich diese Bilder dar;
Halb göttlich war, halb menschlich,
Die neugeschaff'ne Schaar.

Ein wundersam Geschlechte
Voll mächt'ger Leidenschaft,
Voll sanfter Menschenschwäche,
Und doch voll Götterkraft.

Zwar sterblich, doch von Dauer
Ihr Dasein mächtig war,
In ihrem Wunderleben
Galt wie ein Tag ein Jahr.

Sie wählten die Gestalt sich,
Ob häßlich, schön, ob hold,
Ob unsichtbar, ob sichtbar,
Wie's ihre Laune wollt'.

Sie wählten sich ihr Alter,
Ob Kind, ob reif, ob alt,
Es kannte keine Vorschrift
Der Wechsel der Gestalt.

Die wunderbaren Wesen,
Verwirrend ird'schen Sinn,
Des holden Orients Söhne,
Sie nannten sie: die Dschin.

An Eines nur gebunden
Hatt' sie ein göttlich Recht:
Die Götterkinder durften
Nicht wechseln ihr Geschlecht.

Wer männlichen Geschlechtes,
Blieb stets ein Götterleu,
Die holden Frauen blieben
Dem schön'ren Theile treu.

Die Mädchen dieses Stammes,
Wie's nie ein Blick geseh'n,
Berauschten sie die Schauer,
So hold, so wunderschön!

Und, die zur Erde stiegen
Von solcher Mädchen Zahl,
Im Menschenbusen schufen
Sie wahnsinnswilde Qual.

Dem Mann, der sie gesehen,
Verwirrten sie den Sinn;
Sein Leben mußt' er opfern
Der süßen Feßlerin.

II.

Ein weiblicher Dschin
Mit luftigem Sinn
War Asrania, die Holde:
Im Reich der Kobolde
Ihre wonn'ge Gestalt
Für die schönste galt;
Sie ehrten als Meister
Die Dschin und die Geister.

Wohin sie mocht' fliegen.
Ihr folgte in Zügen
Durch Wolken, so klar,
Der Dienenden Schaar.
Es dienten die Reih'n
Der Schönheit allein:
Voll süßer Bethörung
Hofft Jeder Erhörung.
Urania, die Stolze,
Schoß Blicke wie Bolze
Umher in dem Kreis,
Doch Keinem zum Preis
Erhob sie den Schleier;
Verachtet' die Freier.
Trostlos die Betrübten,
Die allzusehr liebten,
In sehnenden Plagen
Zu Füßen ihr lagen.
Denn sie haßt' im Kriege
Der Liebe die Siege,
Die allzuleicht waren,
Sie liebt' nur Gefahren;
Der Liebe Gewinn
Ward Keinem der Tschin.

Auf irrenden Zügen
Gefiel ihr's, zu fliegen
Einst über dem Land,
Palästina genannt,
Wo auf Zions Schloß
Thronet David's Sproß;

Den als Helden und König
Ringsum tausendtönig
Man lobte und pries,
Und den Weisen hieß.
Auf des Thrones Höh'n
Ruh'te, glänzend schön,
Voll männlicher Pracht,
Seine heilige Macht.
Salomon genannt
Ward er in dem Land.
Geliebt von den Frauen
In Städten, in Auen.
Ward der König licht:
Auch verschmäht' er sie nicht:
Er nahm aus den Gauen
Wohl hundert der Frauen.
Asrania, entzückt,
Hat kaum ihn erblickt,
Als voll sie von Liebe,
Fühlt glühende Triebe.
Steigt nieder zur Erde
Mit holder Geberde;
Dient irdischer Norm,
In menschlicher Form;
Wallt zu David's Sohne
Und nahet dem Throne.
Salomo erschaut
Kaum die Götterbraut,
Als auch er entbrannt',
Wie nie er's gekannt,
Und sein Blick auf ihr
Ruh't voller Begier,

Voll von Seligkeit;
Und die lichte Maid,
Wie mit zartem Gefieder,
Vor dem Herrn sinkt nieder;
Doch in schönem Chor
Hebt der König empor
Schnell den süßen Leib,
Und — wählt sie zum Weib.
Wie sie, liebt' er noch Keine,
Sie liebt' er alleine
Und Alle verstößt.
Astrania flößt
Ihm Seligkeit ein;
Von nun an allein
Der edelste Mann
Gehörte ihr an.

Doch voll Zorn erschauen
Sie die andern Frauen.
Und im Busen fühlen
Sie Eifersucht wühlen;
Gelb wie Safrans Kleid
Sie wurden vor Neid.
Bei des Königs Gnaden
Sie wollten ihr schaden;
Doch, was sie auch wählten,
Was sie auch erzählten,
Ihren Reden wenig
Nur glaubte der König,
Will nicht an sie hören.
D'rauf sich Jene verschwören.

Suchten ohn' Erröthen
Sie heimlich zu tödten. —
Doch der Frau'n war Eine,
Im rosigen Scheine,
Von blumigen Wiesen,
Als Kön'gin gepriesen,
Vom goldenen Strande,
Von Saba, dem Lande:
Sie war weithin bekannt,
Und Belkis genannt. —
Sich Einlaß erbat,
Und zum König sie trat,
Und mit Worten so weich
Sie versprach ihm ein Reich.
Arabiens Lande,
Voll goldenem Sande,
Voll Granaten und Rosen,
Voll blumigem Kosen,
Und Saba's Haine,
Umrankt vom Weine,
Voll Nachtigallchören,
Ihm sollten gehören:
Wenn Asrania er ließe,
Und von sich sie stieße.

Wie das Wort er gehört,
Ward fast er bekehrt:
Asrania war hold,
Doch ein Königreich Gold:
Ihr Busen war weich,
Doch Arabien war reich:

Mehr als Liebeslohn
Lockt an ihn ein Thron.
Nicht wählen er kann, —
D'rum sann er und sann.
Als ihr Blick ihn maß.
Urania las
Seines Innern Gewühl:
Sein Zaudern gefiel
Der Holden wenig,
D'rum sprach sie zum König:
„Willst Du mich höhnen?
Von allen Söhnen,
Die sind und die werden,
Vor Allen auf Erden,
Meinen fesselnden Banden
Hat nie widerstanden,
Noch wird widerstehen,
Wer je mich gesehen.
Und so lange es tagt,
Hat Keiner gewagt,
Ein Weib aus den Reichen
Mit mir zu vergleichen.
Ob irdisch beseelet,
Dich doch hatt' ich erwählet,
Und der Liebe Gewinn
Vor allen den Dschin,
Die ewiglich leben,
Hatt' dir ich gegeben.
Nun, König und Herr!
Da du liebst mich nicht mehr,
Zieh' fort ich von Dir,
Und walle von hier.

Doch wisse zuvor:
Sie, die Dich erkor
Ist kein irdisches Kind,
Wie jene sind
Dir, der Treu' ihr bricht;
Zum Lohne spricht
Den Fluch sie nun aus
Ueber Dich und Dein Haus.
Deine gold'nen Hallen,
Dein Tempel wird fallen;
Kein Engel, kein Mann,
Selbst Jehovah nicht kann
Sie erretten vom Beben;
Denn die Menschen gegeben
Mit all' ihrer Pracht
Hat Gott unsrer Macht.
Ich weih' sie dem Graus:
D'rum stürzt einst das Haus,
Aus Marmor geschichtet,
Was Du Ihm errichtet."
In des Königs Gemach
So Asrania sprach.
Vom irdischen Ort
Dann eilte sie fort;
Einen letzten Blick
Noch warf sie zurück;
Dann flog sie dahin
In die Reiche der Dschin,
Die ergeben ihr waren,
Und sammelte Schaaren.
Da kamen gelaufen
Anbetende Haufen;

Da kamen geflogen
Verehrer, wie Wogen;
Asrania, nicht blöde,
War dies Mal nicht spröde;
Zeigte länger nicht
Ein strenges Gesicht.
Alle, die sie bethörte,
Die Holde erhörte;
An ihren Liebesgaben
Ließ die Schaaren sich laben.
Und begeisterten Schalles
Verließen sie Alles,
Und, was sie sie lehrte,
Von ihnen begehrte,
Ohn' Rasten und Ruh'n,
Waren bereit sie zu thun;
Vor Nichts ihnen bangte,
Wenn Asrania verlangte.
Sie führt sie zum Kriege
Zum sicheren Siege.

Zur Erde hin
Nun zogen die Dschin,
Nahmen irdische Bande
Und Menschengewande;
Denn es heischte ihr Führer,
Daß sie würden Assyrer.
Die Dschin in Wogen
Gen Jerusalem zogen,
Die Juden bekriegten,
Und — schnell sie besiegten.

Das Haus, d'rin sie lehrten,
Den Tempel, zerstörten
Die Dschin nur allein.
Keinen Stein auf dem Stein
Sie ließen, o Graus!
Vom heilgen Haus. —

Und Jahre schwanden,
Eh' nach heimischen Landen,
Zu Zion's Altären,
Zurücke zu kehren,
Die Juden sich trauten,
Und den Tempel erbauten.
Doch die Rache nicht schlief,
Die wach einst rief
In Ascania's Herz
Des Treubruchs Schmerz.
Mit hoffendem Muthe
Hat zweimal der Jude
Seinen Tempel erbaut
Und Jehova vertraut.
Doch stets warfen wieder
Die Geister ihn nieder.
Und zuletzt kamen
Die Dschin, und nahmen
Die Gestalt und den Plan
Von Römern an.
Und der Tempel sank hin
Gestürzt von den Dschin; —

Jetzt die Juden voll Grau'n
Ihn nicht wieder erbau'n.

Astrania's Fluch
Nach dem Zauberbuch
Ward also erfüllt;
Denn nimmer gestillt
Ist die Rache der Dschin;
Ihr grausamer Sinn
Hat das Volk überlebt,
Das in Furcht einst gebebt
Vor Astrania's Schaar,
Die verderbend ihm war,
Und er lebet noch heut'
Und lebt ew'ge Zeit.

III.

Bitterlich beweinet
Rahel ihre Söhne,
Und aus Bethlem dringen
Bange Sterbetöne.

Um die Aeltermutter
Juda's Weh erschallet,
Da fernher aus Hebron
Abrah'ms Klage hallet.

Auf dem Berge Zion's,
Unter dunklen Palmen
Tönen eines Königs
Dumpfe Trauerpsalmen.

Um die Stadt Jehovah's
Jeremias wallet;
Tiefer Trauer Weise
Seinem Mund entschallet.

All' die Klageseufzer,
Die aus Juda's Reichen
Tönen, müssen einer,
Einer Stimme weichen.

Denn die eine Stimme —
Düst're Trauerkunde!
Diese eine Stimme
Tönt aus Einem Munde,

Tönt aus Einem Munde,
Den nicht Menschen kennen:
Eines Mächt'gen Stimme,
Den voll Grau'n wir nennen

Tönt aus Einem Munde,
Dessen Wort nie schlief,
Das einst alle Welten
In das Dasein rief.

Doch warum, wenn mächtig
Er, vor dem uns grauet,
Warum hat sein Wort nicht
Wieder auferbauet

Salomonis Halle?
Ist er reich an Siegen,
Warum ließ den Tempel
Er in Trümmern liegen?

Du, der du es wagest,
Fragest solche Frage:
Höre dieser Kunde
Seltsam grause Sage.

Ueber ird'sche Wesen,
Ueber Menschenleben
Hat den Dschin, den Geistern,
Gott die Macht gegeben,

Hat den Dschin, den Geistern,
Gott die Macht gegeben,
Und vor ihnen bebet
Jedes Menschenleben.

Was die Menschen schufen,
Jetzt und in ergrauten
Zeiten, Geister stürzten,
Was die Menschen bauten.

Alle Menschenwerke,
Alle sind ihr Lehen;
Und was sie verfluchten,
Das darf nicht erstehen.

Darum, ob auch brünstig
Millionen flehen,
Kann der Tempel niemals,
Niemals mehr erstehen.

All' die Klageseufzer,
Die aus Juda's Reichen
Tönen, müssen einer,
Einer Klage weichen.

In dem Monat Abib
Tönt am neunten Tage,
Tönt so dumpf, so schaurig
Eines Mächt'gen Klage.

Denn Jehovah selber,
Der ob Allen raget,
Er an diesem Tage
Um den Tempel klaget.

Menschenkindern wird es
Bei dem Ton so bang:
Es vernahm ein Rabbi
Seiner Stimme Klang.

————

Der Eremit vom Tabor.

Ballade.

I.

Es weht so stürmisch wild
Die Windesbraut durch die Au',
Es zeigt chaotisch Bild
Die Flur in fahlem Grau.

Die Möve krächzend wiegt
Ihr weißes Flügelkleid,
Der Geier niederfliegt:
Das ist des Raubes Zeit.

Vor grellen Blitzes Spur
Flieht der erschrock'ne Hirt,
Die Lämmer auf der Flur
Sind hülflos und verwirrt.

Doch ob der Sturm auch grollt,
Kaum hörst du seine Stimm',
So laut der Donner rollt,
Gleich eines Gottes Grimm.

Der Thiere Wetterqual
Entführt manch' greller Schrei,
Die Blitze malen fahl
Die Erd' als Wüstenei.

Zu lösen sich beginnt
Die Wolke nach der Gluth,
Der Regen niederrinnt,
Gleich einer ew'gen Fluth.

Der Baum ermüdet senkt,
Wie ein gebroch'nes Herz,
Von Wassers Wucht getränkt,
Die Zweige niederwärts.

Die Rose, wohlbestellt,
Hängt auch ihr Haupt hinab,
Die Blumen auf dem Feld',
Sie neigen sich zu Grab!

Wer ist's, der fort sich stahl,
Zur Stunde, die verflucht,
Durch solcher Schauer Qual
Zu reiten gottversucht?

Seh' ihn im Bügel steh'n,
Als kennt' er nie Gefahr,
Ich seh' im Winde weh'n
Sein fliegend Lockenhaar.

Als ob behext er wär',
Von Furien gejagt,
So reitet wild er her:
Unstäter Geist ihn plagt.

Her von des Nordens Au',
Dorthin der Pfad ihm winkt,
Wo auf der Felsen Grau
Die Klosterkirche blinkt.

Im Hofe feuchtes Gras
Und Pilze groß und klein,
Doch glänzt wie Spiegelglas
Der Stufen Marmorstein.

Er läßt sein Roß der Ruh',
Tritt an's Portal dann vor,
Da öffnet sich im Nu
Der Klosterpforte Thor.

Tritt in die Zelle ein:
War's nicht, als ob er stöhn'?
Da saß auf nacktem Stein
Ein Weib, erhaben schön.

Er sieht's, sein Antlitz spricht
Von Glück zugleich und Qual,
Aus seinen Blicken bricht
Ein matter Hoffnungsstrahl.

Es fragt sein Aug', so licht,
Was wohl das ihre meint?
Doch Jene rührt es nicht,
Wie Marmor sie erscheint.

Ihr Aug', der Milde baar;
Ihr Nacken, perlumringt,
Drauf wallt ihr dunkles Haar,
Wie Nacht den Tag umschlingt.

Ihr Antlitz ist fürwahr
So schön, daß kaum man's glaubt,
Doch schreckvoll, wunderbar,
Gleich einer Gorgo Haupt.

Der Jüngling spricht: „wie Tod
Ist wichtig diese Stund'!
Entscheidung thut uns Noth
Zur Trennung, wie zum Bund.

„Bin Deiner Lieb' ich nah,
Der heute um Dich freit.
So sprich ein einfach „„Ja,""
Und sei gebenedeit.

„Doch wenn der Liebe Grab
Dein Herz begehret hier,
So sprich, Du brechest ab,
Was zwischen Dir und mir."

Er that das Wort ihr kund;
Doch schien sie nicht bewegt,
Verachtung um den Mund
Hochmüth'ge Falten schlägt.

Ihr Aug' so schön, so kalt,
Blickt an ihn lang' genug,
Dann ihrer Lipp' entwallt
Das Wort: „Ich will den Bruch!"

Sie sprach's. Die Locken weh'n. —
Ihn trifft es wie ein Blitz. —
Doch ohn' ihn anzuseh'n,
Hebt sie sich auf vom Sitz.

Ihn schwindelt's, wie er's sieht;
Dann sinkt er erdenwärts,
Gleich abgeknickter Blüth', —
Ihm brach die Pein das Herz.

II.

Es küßt der Sonne Strahlenheer
Die Flur, von Thauestropfen schwer,
Wie's auf dem Tabor taget,
Es leuchtet spiegelglatt und hehr
Zur Seite Galiläa's Meer,
Von Bergen ganz umraget.

Im Morgenstrahl erglänzet schon
Der ferne Antilibanon,
Von Wald und Hain entblöset.
Dschebel el Telsches' Gipfelkron'
Ragt auf aus ew'ger Schneeeszon',
Wo nie das Eis sich löset.

Im Morgenthau noch schmelzig glüh'n
Die Wiesen, wo die Bäche zieh'n,
Die Sonne will sie wecken;
Und Saron's Rosen hier erblüh'n
Auf galilä'schen Hügeln grün,
Umrahmt von dorn'gen Hecken.

Dort unten, wo die Palmen weh'n:
Capernaum, einst auserseh'n
Zu schwermuthsvollem Loose.
D'rob ragen grau Sarepta's Höh'n,
Die eine Heldin sah'n ersteh'n,
Judith, aus ihrem Schooße.

Im Süden ruht, von Bergen grau
Umrahmet rings, Samariens Au',
Und ferne Saron's Thale.
Sie prangen hold im Morgenthau
Und d'rüber ragt das Himmelsblau,
Wölbt Alles, wie zum Saale.

Im Osten, in des Thales Schooß,
Liegt Nazareth, am Ruhme groß,
Und Kana's stille Wonnen:
Es zeiget wen'ge Hütten blos,
Die der Geschichte Wechselloos
In kühner Flucht entronnen.

Im Westen ist des Jordans Bahn
Beim heil'gen See gekommen an;
Hindurch den Pfad er schlinget:
Durch dieser Wogen feuchten Plan,
Die einst die heil'gen Fischer sah'n,
Kein Nachen jetzt mehr dringet.

Von Stürmen vielfach heimgesucht,
Der See zeigt selten eine Bucht
Des Schiffers Sehnsuchtsblicken;
Gleich einer ries'gen Felsenschlucht,
Schroff ihn umragt der Berge Wucht,
Als wollt' sie ihn erdrücken.

So sanft, wie's kaum ein Blick erfuhr,
Aus reicher galilä'scher Flur,
Hinauf zu Himmelshöhen,
Hebst du dich, Tabor! die Natur
Wallt' hier auf unsers Heilands Spur,
Wo deine Palmen wehen.

O Tabor, Berg der Heiligkeit,
Sei uns ein Pfad zur Ewigkeit,
Vom Himmelslicht umflossen!
O hehrer Gipfel, gottgeweih't!
Wo Jesu im Verklärungskleid
Der Himmel sich erschlossen.

Hier schweige jede Erdenklag'!
Hier lacht der Seele reiner Tag,
Wohnt Stille, gottgeweihte.
Hier laßt uns Hütten bau'n, so sprach
Der Jünger, der einst liebend lag
An seines Gottes Seite.

Dem Wort' des Jüngers zu vertrau'n,
Und hier die Hütte sich zu bau'n,
Wo sich die Waldung lichtet.
Aus fernen nordumbrausten Gau'n
Kam her zu Palästina's Au'n
Ein Pilger weltgeflüchtet.

Die Blicke senkt er niederwärts,
Sitzt stumm, gleich einem Bild' von Erz,
Im Schatten der Cypressen.
Als hab' ein tiefer, inn'rer Schmerz
Gebrochen ihm das kranke Herz.
Er sucht nur eins: Vergessen.

Der Augen matterlosch'nes Paar,
An Lebenslust, an Freude baar,
Als kehr' ihm Fried' nie wieder.
Sein Antlitz gramgewelket gar,
Sein fahles, langgewachs'nes Haar
Sinkt zierdelos hernieder.

So findet ihn der Tag im Hain;
Betrachtungsvoll sein irdisch Sein,
Hinfließet unzerstreuet,
Ein gottgeweihtes Zellchen, klein,
Von Epheu wildumrankt und Wein,
Zur Nachtruh ihm sich beuet.

So sah er manchen Tag erblüh'n,
Sah manchen Aar vorüberflieh'n,
Den Beutelust verführte,
Sah oft im Meer' die Sonn' verglüh'n,
Sah oft zur Ruh' die Tauben zieh'n;
Kein Wandel ihn berührte.

Der Winter naht. Der Blätter Fall
Vertreibt von Berges Gipfeln all'
Die Sänger froher Lieder,
Mit ihres Sang's verklung'nem Schwall
Verschwunden ist die Nachtigall,
Ließ in dem Thal sich nieder.

Grau wird der dunkle Waldesrain,
Nur mattes Grün mit fahlem Schein
Winkt aus Olivenzweigen;
Der Bergesgipfel weilt allein,
Muß winterlich entlaubt nun sein,
Gehüllt in tiefes Schweigen.

„Bist du allein, von Weh' umstellt,
O Gipfel! auch mein Herz, es hält
Nicht Lust, nicht frohe Lieder.
Dem jeder Athemzug vergällt,
Von allen Wonnen dieser Welt
Mich tröstet keine wieder!"

So klaget fort von Stund' zu Stund'
Des jungen Sieblers Schmerzensmund,
Die Klagen nie verhallten;
Den Wind und Wellen thut er Kund'
Die Qual und Pein der ew'gen Wund',
Die ihm das Herz gespalten.

III.

Tage, Monde schnell vorüber
Wallten zu den Ewigkeiten,
Weinend flossen sie hinüber
In das bitt're Meer der Zeiten.

Tabor! deine Cedernwipfel
Strahlen noch im alten Licht!
Deinen heil'gen Bergesgipfel
Rührt der Zeitenwechsel nicht.

Stets noch lacht, wie Spiegels Schimmer,
Dir das galilä'sche Meer;
Und der Siedler wallt noch immer
Auf der Bergeskron' umher.

Von der Nachtigall umsungen,
Stets noch ruht an Waldesrainen
Seine Zelle grün umschlungen,
Winkend aus Olivenhainen.

Sieh', ein Gärtlein lächelt sonnig
Ihrer grünen Wand zur Seite,
D'rin so manche Blüthe wonnig
Einsamkeit mit Düften weih'te.

Eine Cactushecke scheidet
Es vom grünen Hügellande,
Frühlingsblumen, buntgekleidet,
Zeigen strahlende Gewande.

Unter schatt'gen Terebinthen,
Die sich wölben hoch zur Laube,
Tragen schlanke Hyazinthen
Umgekehrte volle Traube.

Crocus faſt ſein Haupt verſtecket,
Wo aus einem Meer der Düfte
Golden die Narciſſe ſtrecket
Ihre Sterne in die Lüfte.

Niemand wird das Veilchen neiden,
Nur wer prahlet, Neid erwecket,
Und hier glüht es ſo beſcheiden,
Nur empfunden, kaum entdecket.

Aber neben ſtillem Kranze,
Der der Welt entrückt verglüh'te,
Hebt ſich auf in ſtolzem Glanze
Eine königliche Blüthe.

Tulpe, du biſt's! Säulenhallen
Deine Stiele gleicht mein Sinn,
In des Orients Gärten allen
Biſt du Blumenkönigin!

Welche Pracht haſt du erſchloſſen
Vor den Augen ſinnberauſcht!
Mit der Roſe dorn'gen Sproſſen
Haſt du's Scepter hier getauſcht!

Schmähen dich Europa's Söhne!
Dein Bedeuten nie ſie kannten:
Hehre ordnungsmäß'ge Schöne
Zeigſt du dem, der dich verſtanden.

Dein Piſtill auf Kelches Throne
Zeigt ein dreifach Blüthenleben,
Eine ſechsgezackte Krone
Staubesfäden d'rüber weben;

Und nun vollends, welche Strahlen
Bunt um dich die Farben wanden;
Purpurn dich, bald rosig malen,
Bald mit feuerstreif'gen Banden.

Doch am liebsten sah geeinet
Ich zu einer Farb' die Strahlen:
Wenn dein Kelch wie Gold erscheinet
Gleich antiken Opferschaalen.

In des Sieblers kleinem Garten
Hundert solcher Blumen standen,
Dieser stolzen Zier zu warten,
Tag und Nacht ihn rüstig fanden.

Denn die Blume auserlesen,
Derer, die er trug im Herzen,
War die Tulpe auch gewesen:
Blieb ein Denkmal seiner Schmerzen.

Und wenn hell die Kelche brennen
In des Gärtleins Heiligthume,
Will er Aehnlichkeit erkennen
Zwischen Frau und zwischen Blume.

Denn der Blume gleich an Schöne,
Ebenmäßig ganz und gar,
Eine Braut für Göttersöhne,
Seine Auserwählte war.

Aber stolz auch wie die Blüthe,
Die sich hebet schroff und kalt,
So ihr dunkles Auge glühte
Mit verachtender Gewalt.

Wie die Tulp' der Blumen Heerde
Ueberstrahlt, doch Duft nicht streuet,
So sie des Gemüth's entbehrte,
Das der Seele Balsam beuet.

So der Siedler täglich schaute
Sie vor sich im Blumenbild,
Bis der Tage einer graute,
Der, was ungeahnt, erfüllt.

Ostern war's und fremde Schaaren
Gen Jerusalem sich wandten,
Viele, über's Meer gefahren,
Kamen zu den heil'gen Landen.

Auch den Tabor zu besteigen,
Von der galilä'schen Welle
Nahten Viele, Allen zeigen
Muß der Siedler seine Zelle.

Einst auch blickt er hin und — bebet,
Fragt, ob nicht sein Sinn sich trübet;
Wie ein Geist dem Grab entschwebet,
Steht vor ihm, die er geliebet.

Alle seine Fassung schwinden
Fühlt er plötzlich, all' sein Denken,
Und bei solchem Wiederfinden
Kann Vernunft ihn nimmer lenken.

Und der Wirklichkeit entrissen,
Sein Verstand wird trüb und trüber:
Hin er sinkt zu ihren Füßen,
Und von Liebe strömt er über.

Der Gefühle mächt'ge Meere,
Die gefangen hielt die Brust,
Brechen aus, wie wilde Heere,
Aus in wahnsinnstrunk'ner Lust.

Doch die Schöne bleibet stumm,
Als erkenn' sie ihn nicht wieder,
Dreht verachtungsvoll sich um,
Wählt den Pfad, der führet nieder.

Einem Mann den Arm sie bietet,
Wie sie selbst, so stolz und schön:
In des Sieblers Brust es wüthet,
Als ob Erd' und Höll' ihn höhn'.

Er steht auf und nimmt ohn' Warten
Einen Stecken, grünumlaubt,
Schlägt damit in seinem Garten
Ab der Blumenkön'gin Haupt.

Alles er zerstört zur Stelle;
Wendet sich zum Kreuze dann,
Richtet's hoch auf in der Zelle,
Und er fleht zum Kreuz hinan.

Alles flieht, — das Kreuz, es weilet!
Ruht so sanft im Reich der Schmerzen!
— Und der Gott herrscht ungetheilet
Fortan im gebroch'nen Herzen!

———

Griechenland.

———

Laterne des Diogenes.

Diogenes' Laterne
Ist jetzt ein Tempelhaus,
D'ran nächtlich seine Lampe
Ein griech'scher Mönch hängt aus.

Mit Staunen bleibt der Fremde
Vor diesem Tempel steh'n.
Was bist du für ein Riese
Gewesen, Diogen!

War das deine Laterne,
Auf Säulen auferbaut,
Und von granit'nem Dache
Gigantisch übergraut?

War deine Leuchte, Alter,
So zierlich und so klein,
Was muß erst für ein Monstrum
Dein Faß gewesen sein?

Der Berg des Lykabettos,
Pentelikos zugleich,
Hätt' man sie ausgehöhlet,
Sie kämen ihm nicht gleich.

Die heut'gen Griechen haben
Als Riesen dich verlacht,
Da sie granit'nen Tempel
Zur Leuchte dir gemacht.

So schufen dich zum Unhold
Die Griechen spät'rer Zeit,
Weil sie von deiner Lehre
Nichts sahen als das Kleid.

Dein Aeuß'res war zwar häßlich,
Doch deine Seele schön;
Den Gott in deinem Innern,
Sie konnten ihn nicht seh'n.

Denn unf're Zeit, sie kennet
Nichts als die äuß're Spur,
Sie fragt nicht nach der Seele,
Stets nach dem Kleide nur.

Sei froh, daß in Athen du
Nicht mehr wall'st auf und ab,
Daß du bei der Laterne
Gefunden hast dein Grab.

Du bist der Menschen ledig,
Die dich nicht mehr versteh'n:
Wie wäre wohl mir, könnt' ich
Mit dir zu Grabe geh'n!

Könnt' ich mich zu dir legen,
O alter Diogen!
Denn mich auch wollt' auf Erden
Noch Niemand recht versteh'n.

Tempel der Karyatiden.

Nicht gleicht ihr dem keuschen Bild der Musen,
Denn ihr schleudert in das Herz den Brand;
Uepp'ge Weiber! ob auch Marmor bannt,
Kalter Marmor, euren weißen Busen.
  Sprecht, wer seid ihr,
  Sprecht, wem weiht ihr,
Welcher Gottheit eure Hände,
Stützend Tempelwände?

Wir tragen der Pallas geheiligtes Haus,
Statt Säulen kor uns die Heilige aus,
  Damit der Unreine
  Nicht nah' ihrem Schreine.
Geblendet von unf'rer Leiber Zier,
Bleib' gebannt er steh'n vor des Tempels Thür,
  Und nur der Weise
  Vollende die Reise
Und lüfte beim Schalle der göttlichen Leier
Allein der Reinen jungfräulichen Schleier.

———

Im Hain der Akademie.

Schwermuthsvolle Stille
Füllet Thal und Hain,
Und des Zephyrs Wille
Lullt die Wipfel ein.

Der Kephysos rinnet
Weich und ohne Laut,
D'rin sich, wie sie sinnet,
Artemis beschaut.

Pallas' Vogel steiget
Aus der Tiefe Raum
Seine Zweige neiget
Ihm der Göttin Baum.

Pilger ruhet leise
Auf hellen'schem Sand,
Träumt, was mancher Weise
Einstens hier empfand.

Und wie die Gedanken,
Fern der Wirklichkeit,
Wonnig rückwärts schwanken
Zu hellen'scher Zeit,

Dünkt ihm, ein Gesichte,
Göttlicher Natur,
Schweb' im Mondes Lichte
Ob der heil'gen Flur.

Horch! das tiefe Schweigen
Unterbricht ein Ton,
Der dem Vogel eigen
An Minerva's Thron.

Auf den Ruf des weisen
Wird die Vorwelt wahr,
Schwebt heran in Kreisen
Hellas' Geisterschaar;

Wallen her im weiten
Philosophenkleid,
Züge der Geweihten
Aus Eleusis' Zeit.

Um des Oelbaum's Sprossen,
Ihrer Götrin Pfand,
Lagen die Genossen
An Kephysos' Strand.

Heil'ge Atmosphäre
Sanft den Hain durchwebt,
Ueber dem die hehre
Weisheitsgöttin schwebt.

Der Gedanken Lenker
Zaub'risch wühlt im Hirn
Jener alten Denker:
Funken sprüht die Stirn,

Und Gedanken, kühne,
Sprudeln auf mit Macht,
Auf des Geistes Bühne
Liefern sie die Schlacht.

Keiner kann sich retten
Hier durch falschen Schwur;
Schlüsse, fest wie Ketten,
Triumphiren nur.

Doch die Nacht verstreichet
In der Denker Streit,
Schon Selene weichet
Eos' ros'gem Kleid.

Noch nicht sie ermatten,
In der Eb'ne, weit,
Fort noch tönt der Schatten
Tausendfacher Streit.

Gleich wie vieler tausend
Kraniche Geschrei,
Durch die Lüfte sausend,
Fliehend Hellas' Mai:

So die Geister streiten;
Aus dem Schwarme dicht
Seh'n sie plötzlich gleiten,
Hin im Mondes Licht,

Weißer Toga Wallen.
Und zum Himmel auf
Seh'n sie mystisch wallen
Einen Geist hinauf.

Oben, wo die hehre
Weisheitsgöttin lebt,
Wird in Aethers Leere
Sie von ihm umschwebt.

Ja! es seh'ns die Weisen,
Fühlen die Gewalt,
Wie in myst'schen Kreisen
Hinschwebt die Gestalt.

Seligem Ergusse
Sehen sie ihn nah'n,
Seh'n in keuschem Kusse
Pallas ihn umfah'n.

Da kommt in die Herzen
Seliges Gefühl,
Nach des Streites Schmerzen,
Still wird das Gewühl.

„Weisheit sei und Liebe
Unser höchstes Gut,
Heilig reinem Triebe
Gelt' der Seelen Gluth."

So der Ruf der Geister,
Wie sie schweben seh'n
Plato, ihren Meister,
In des Himmels Höh'n.

„Während hier wir streiten,
Folgt' er heil'ger Spur;
Liebe kann bereiten
Wahre Weisheit nur.

„Heil ihm, der zum Himmel,
Zu des Eros' Höh'n,
Aus des Streit's Gewimmel
Lehrt die Weisen geh'n!

*

„Feind der niedern Triebe,
Tadelnd nur Genuß,
Lehrte heil'ge Liebe
Seiner Rede Fluß!"

Plato's Ruhm so sangen
Geister im Verein;
Heil'ge Töne klangen
Weithin durch den Hain.

―――

Leipzig, Druck von A. Edelmann.

www.ingramcontent.com/pod-product-compliance
Lightning Source LLC
Chambersburg PA
CBHW030622030726
47497CB00006B/1604